ERRES

JOAQUIN RUIZ

ISBN : 978-2-9552017-8-7

Dépôt légal : juillet 2015

ERRES

Rémy erre dans Toulouse. Il vit parfois dans un squat, parfois sous une tente au bord du canal du Midi, parfois dans une communauté en Ariège, parfois dans un foyer d'urgence, parfois sur des cartons sous un porche, parfois dans un studio meublé, parfois chez sa grand-mère.

Mais le plus souvent il est hospitalisé en psychiatrie.

Il aime bien les animaux et les enfants, la Garonne et le Pont-Neuf.

Il aime bien regarder les filles, mais le plus souvent les filles se moquent de lui, ou alors elles ont peur de lui.

Et elles lui font peur aussi.

Il est sûr que son voisin de palier prépare un attentat terroriste à Toulouse pour la coupe du monde de foot, le 18 juin 1998, mais les flics ne le croient pas.

Personne ne le croit d'ailleurs : Rémy es
schizophrène. Une voix lui parle sans arrêt.

Heureusement, il fait dans Toulouse des
rencontres exceptionnelles.

Joaquin Ruiz a été professeur agrégé de philosophie au Lycée du Mirail, avant d'exercer le métier de psychiatre et de psychothérapeute à Toulouse.

Il a publié précédemment « Dits et interdits », « Scopies », « Lecture de Spinoza », « Un Nobel à Davos », « Un hiver dans le Tarn » et « Cabanes ».

SQUAT ou HLM

J'ai intérêt à me magner les fesses tant qu'ils m'ont pas repéré. Ce matin je suis sorti du squat à cinq heures, et à cette heure-là je pense que personne ne m'a vu.

« Tu parles que personne t'a vu ! Tout le monde te connaît à Toulouse. Tu es le fou du village. Dès que tu arrives quelque part tout le monde t'a repéré avant même que tu arrives. »

Arrête de te répéter la vieille ! Tu fais chier ! C'est n'importe quoi ! Ferme ta gueule sale garce !

Le quartier au-dessus de la gare Matabiau est calme. Le squat est dans un ancien entrepôt d'usine aux vitres brisées, plein de vieilles briques cassées, de planches pourries et de poutrelles métalliques rouillées. Il empeste l'huile de vidange et le cambouis. Ce matin à cinq heures ils dormaient tous après la grosse murge qu'ils s'étaient prise hier soir : deux packs de 8°6 pour chacun, plus vodka, plus un tube de cachetons. Y avait plus personne !

J'ai remarqué qu'ils s'arrangent toujours pour avoir un malade psy avec eux dans leur squat, comme ça ils peuvent trafiquer ses ordonnances et se procurer le médicament à la mode : autrefois c'était le Rohypnol, puis le Rivotril, le Survector, le Skénan, ensuite le Tranxène 50, la Mépronizine, et toujours l'indémodable Subutex. Les toxicos les connaissent tous, savent les doser et les mélanger avec des amphétamines ou de l'ecstasy, et changer de molécule au fur et à mesure que le médicament est retiré du marché.

Ce matin je les ai tous laissés comateux, entassés et vautrés avec leurs chiens.

C'est surtout les chiens que je vais regretter : avec eux au moins je pouvais parler pendant des heures. Ils léchaient mes pieds quand je me déchaussais après une journée de galère dans les rues, ils me comprenaient tout de suite et venaient se coller à moi pour dormir : ils savaient que je ne leur ferais jamais de mal. Nous dormions enlacés, comme les hommes préhistoriques dans les cavernes, nous réchauffant et nous rassurant mutuellement.

« Tu parles ! Tu te les faisais en douce les chiens ! Tout le monde le sait : tu n'es qu'un sale zoophile ! Phile, phile, phile. File, file, file. Enfile ! »

Ta gueule ! Ferme-là ! Ordure ! Saleté ! Tu salis tout !

J'ai tout bien rangé dans mon sac à dos orange hier soir : ma carte d'identité, ma carte Vitale, ma carte de retrait pour La Poste, les papiers de la CAF et de la Sécu pour l'AAH et la CMU, mes vieilles ordonnances, les dernières lettres de mes parents, de mon oncle et de ma grand-mère, qui me disaient tous qu'ils ne pouvaient plus m'héberger et qu'il fallait que je me débrouille seul maintenant avec les foyers de Toulouse.

Mais ces foyers d'hébergement d'urgence pour SDF j'en ai déjà essayé plusieurs et je ne peux plus. Il n'y a que des voleurs alcooliques et fous là-dedans. Ils puent, ils sont méchants, ceux qui ne ronflent pas en cuvant leur cuite essaient de te voler tout ce que tu as pendant que tu dors, et si tu protestes ils se mettent à plusieurs pour te tabasser. Les éducs ne peuvent rien faire pour te protéger. C'est les gros durs qui font la loi là-dedans : tant qu'il n'y a pas de vigile musclé dans ces foyers pour les maîtriser physiquement et les foutre dehors, ils sont tranquilles. Ils savent qu'un vigile c'est trop cher pour la Mairie. Les gros durs ne comprennent que la castagne, pour argumenter ils n'ont pas assez de neurones, alors ils cognent. Et quand ils ont réussi à s'installer pour une nuit dans un foyer, tu ne les déloges pas comme ça : ils sont capables de tout péter de rage, avant de partir en proférant les pires menaces. A la limite autant dormir dehors sur des cartons sous un porche, ou dans un recoin, ou sur un trottoir, comme un clochard. Tu cours moins de risques finalement.

En plus les foyers t'acceptent juste pour la nuit. Au matin ils te foutent dehors, et tu te débrouilles dans les rues jusqu'au soir, été comme hiver. Et puis si tu veux revenir il te faut un projet de réinsertion béton, parce qu'ils ne t'acceptent que pour un temps très limité. Après tu vas voir ailleurs ou tu reviens à la rue. Retour à la case départ.

« C'est ça ! Ça va être la faute aux foyers d'urgence maintenant si tu es fou ! C'est trop facile ça : toujours la faute aux autres, à la société, au système. Ils sont bien braves de te supporter, et en plus de t'entretenir à rien foutre ! »

Tu es gonflée : eux, m'entretenir ! C'est du grand n'importe quoi ! Salope !

On voit bien que tu as jamais dormi une seule nuit dans un de ces foyers. Tu aurais vite compris !

Comme je me doutais que j'allais pas pouvoir revenir au squat, j'ai pris aussi tous mes carnets et mes agendas où je marque tout ce qui se passe d'inquiétant pendant la journée. Comme ça j'aurai des preuves. J'ai pris dans le frigo tout ce que j'ai pu : fromage, jambon, saucisson. Le frigo n'est pas branché, mais au moins sa porte ferme et il protège les aliments des rats. Ils vont être furieux mes colocataires toxicos punks quand ils ouvriront le frigo, j'espère qu'ils ne me retrouveront pas, sinon ils vont me massacrer.

« *Mais j'espère bien qu'ils vont te massacrer ! Ces pauvres punks t'accueillent dans leur squat, et toi, pour les remercier, tu leur vides le frigo ! Bravo ! J'espère bien qu'ils vont te retrouver et te fracasser !* »

Je leur dois rien. C'est eux qui se sont servis de moi pour les médocs. J'ai vite compris, tu sais.

J'aime bien la ville très tôt le matin. C'est frais, c'est calme, on ne croise que les camions des poubelles et les balayeuses. Les derniers noctambules se sont effondrés sur place ou sont rentrés se coucher. Les prostituées et les travelos ont laissé tomber l'affaire. Les trottoirs sont propres et mouillés. Personne ne te hurle dessus ou ne t'accoste pour te demander une clope ou de la monnaie.

Dès huit heures le matin tous les collégiens, lycéens et étudiants convergent vers le centre ville, et les employés des commerces aussi. Ils descendent tous de la gare Matabiau et de la gare routière et se dirigent vers le Capitole ou Esquirol.

Alors là ça devient trop dangereux pour moi. Ils me regardent tous et repèrent tout de suite que je suis pas comme eux : j'ai de vieux vêtements sales tout froissés, je suis pas rasé, je baisse les yeux, je rase les murs, on voit bien que je ne vais pas travailler. On dirait que j'ai l'étiquette « malade » cousue sur le devant, et « psy » dans le dos de mon pull.

« De toute façon, tout le monde voit bien que tu n'es qu'un fou ! T'as même pas besoin de te présenter, c'est gravé sur ton front, pauv'cloche. C'est même pas la peine que tu baisses les yeux ou que tu rases les murs. On te repère tout de suite. »

Je sais bien que je suis malade. Pas normal. Différent. Ça fait un moment que je l'ai compris ça.

Quand j'y réfléchis, je me souviens que tout avait commencé bien avant que je prenne des médicaments : déjà à l'école et au collège j'étais à part, pas encore vraiment fou, mais juste trop timide, solitaire et intello, toujours perdu dans mes pensées et mes rêveries.

« Oh ! Rémy ! Atterris ! Reviens parmi nous ! »

A la maison c'était pareil, mais mes parents se sont vite habitués à mes bizarreries et ont fini par trouver ça normal :

« Rémy, il a toujours été comme ça, c'est son caractère, c'est un solitaire. »

C'est après que ça s'est gâté avec eux, à l'adolescence, quand je n'ai pas supporté le lycée, que je me suis enfermé dans ma chambre à fumer de l'herbe et à écouter de la musique au casque. Ils ont fini par m'amener chez un psychiatre qui m'a fait hospitaliser direct dans sa clinique « pour la mise en place d'un traitement antipsychotique, afin de prévenir les bouffées délirantes et d'éviter une dérive vers une schizophrénie constituée ».

« Schizo, schizo, schizo, t'es qu'un pauvre schizo mon vieux, ça tout le monde le sait depuis un moment. »

Je sais bien que c'est là que tout a commencé à dégringoler.

J'étais le plus jeune de cette clinique. Et j'ai vu clairement dès le début, en observant les autres patients, comment j'allais finir au bout de cinq à dix ans : pas de boulot, pas de copains ni de copine, pas d'appart normal, appartements thérapeutiques, Allocation Adulte Handicapé, curatelle ou tutelle, éducateurs spécialisés et activités occupationnelles, Route Nouvelle ou Centre Après. Coincé à vie dans le ghetto.

La folie c'est la pire des prisons. Dès que tu y a mis un pied, tu n'en sors plus jamais : pas de remise de peine, pas de période de probation, c'est comme si tu te baladais dans la rue en pyjama rayé de bagnard. Le voleur ou le criminel ont droit à une seconde chance. Pas toi : fou un jour, fou toujours.

« Toujours, toujours, toujours, fou toujours, tu l'es et tu le resteras ! Fou, fou, fou, tout fou ! »

Je vois bien qu'ils me repèrent tout de suite.

Alors j'évite les gens, j'évite les rues, les places, les bus, le tram et le métro, je prends jamais le train. Je ne sors que quand les gens sont rentrés chez eux.

Ce que j'aime bien c'est monter la nuit au sommet de la colline de Pech-David, m'asseoir sur l'herbe et regarder la ville illuminée, le ciel noir qui vire lentement vers l'aube au blanc puis au bleu clair, traversé par les feux des avions qui décollent de Blagnac ou qui y atterrissent, et la Garonne tout en bas qui semble au départ vouloir contourner Toulouse, mais qui finalement décide de la traverser en faisant une longue courbe qui sépare les deux villes : la ville de droite, riche et bourgeoise, qui part du Capitole et de la rue Ozenne, du Grand rond et du Jardin des Plantes, et qui se réfugie ensuite sur la colline de la Côte-Pavée, mais qui est déjà menacée au nord par la cité des Izards et au sud par celle d'Empalot, et la ville de gauche, pauvre, démarrant dans le quartier Saint-Cyprien, celui des inondations d'autrefois, s'ouvrant vers l'ouest, et s'étendant vers les nouveaux quartiers « populaires » : Bagatelle, le Mirail, Bellefontaine, la Reynerie, la Faourette.

Tous ces quartiers ça craint pour moi. Je ne peux pas y aller. Trop dangereux. Dès que les petites racailles qui contrôlent l'entrée des immeubles repèrent un malade psy, il devient tout de suite leur jouet, ils le taxent, le dépouillent et à la fin, quand ils n'ont plus rien à lui voler, ils le tabassent, pour le plaisir. Ils sont sans pitié : quand on est juste un petit branleur minable et sans avenir, c'est tellement facile de se sentir fort à plusieurs face à un pauvre type sans défense comme moi. Alors ils se défoulent.

J'ai habité dans une HLM à Empalot autrefois, mais ils ont réussi à me faire partir dès le premier mois :

« T'es pas chez toi ici mec. C'est une erreur d'aiguillage. Retourne à Marchant avec tes potes les cinglés. T'as une chambre réservée là-bas. Casse-toi pauv' fou ! »

« Tu as vu, même ces pauv'gosses t'ont repéré tout de suite. T'es qu'un pauv'fou ! Casse-toi pauv'fou ! Fou, fou, fou ! tout fou ! »

Eux, ils sont chez eux à Empalot, et personne n'y entre, ni les flics, ni les pompiers, ni les toubibs. Ils s'y sont enfermés eux-mêmes volontairement et ils sont très fiers de cette grande victoire territoriale qu'ils croient avoir remportée sur les Gaulois : c'est l'histoire du ghetto juif, à l'envers, et en comique. Ils ont eux-mêmes construit les murs du ghetto, et ils en sont fiers. Et comme ils ont trois neurones ils ne voient même pas qu'ils sont juste ridicules.

Et moi, pauv' fou, je ne suis chez moi nulle part, ni chez les riches ni chez les pauvres. Ni rive droite ni rive gauche.

« Droite-gauche, gauche-droite, ni droite ni gauche, ni gauche ni droite, la balle au centre. Recentre-toi, concentre-toi, décentre-toi, centre-toi. T'es vraiment qu'une pauvre bille ! Même pas une boule de billard. »

Il me reste juste la Garonne. C'est la chose la plus belle de Toulouse, de jour comme de nuit, surtout sous le Pont-Neuf :

celui-là je ne m'en lasse jamais, je resterais des heures à le contempler, allongé sur l'herbe de la Prairie des Filtres, quand ses briques roses et sa pierre blanche prennent des teintes orangées au coucher du soleil, pendant que les six yeux noirs qui trouent ses piles me couvent affectueusement. Il est juste parfait.

« C'est ça, va te jeter dans la Garonne ! Bonne idée ! Elle t'attend depuis un moment. Elle n'attend que toi. C'est là-dessous ta place. Vas-y ! Trouillard ! Il te reste que cette porte de sortie, alors vas-y pauv'type ! »

Les plus faibles s'en prennent toujours à plus faible qu'eux, pour se sentir plus forts. C'est classique. C'est tellement facile. Et comme nous, les fous, nous sommes en bas de tout, quand les gros connards n'ont plus de femme, d'enfant, de chien, de pauvre ou de clochard à humilier et martyriser, il ne leur reste que nous. La folie et la psychiatrie, c'est le degré zéro de la société. C'est la poubelle, sur laquelle même le plus minable peut cracher, sans aucun risque. Et là, il se sent fort.

« Pour une fois tu as raison, tu es dans la poubelle, pauv'déchet ! C'est là ta place ! »

C'est tellement commode pour se sentir supérieur ou juste normal, de se moquer d'un fou.

Je leur sers à ça : à se rassurer. Dès qu'ils me voient, ils en voient un de plus minable qu'eux, alors, du coup, ils peuvent se prendre pour des surhommes.

Et l'autre fou là-haut qui en rajoute contre nous, tous les soirs à la télé, le nain à talonnettes : d'après lui les schizophrènes sont le principal danger public, tous des meurtriers en puissance, il faut les enfermer à vie, et les psychiatres qui les libèrent sont des gauchistes irresponsables... C'est lui qui est fou, et dangereux, il faut le soigner, lui, au lieu de lui tendre des micros.

« C'est trop facile ça : trouver plus fou que soi pour se rassurer. Surtout celui-là : c'est une telle caricature ! C'est vraiment trop facile ! »

Un schizophrène dans une grande ville n'est pas dangereux pour les autres : c'est au contraire lui qui est en danger en permanence. Cible toute désignée de la bêtise et de la méchanceté.

J'en avais marre de mes toxicos punks à chiens : ils avaient juste besoin de mes ordonnances pour leurs médocs. Ils se croient plus malins que tous les gens qui travaillent, ils crachent sur cette société pourrie par le fric, mais ils vont quand même à La Poste le cinq de chaque mois toucher leur RSA. C'est pour ça qu'ils se croient plus malins : « on baise tout le monde. »

« Baise, baisons, baisez. Tu t'es jamais fait baiser ? Avoue : tu en meurs d'envie, sale PD. Vas te faire baiser à Saint Aubin ou sur le Cours Dillon. Tu le sais bien qu'ils sont tous

là-bas le soir. Alors qu'est-ce que tu attends ?
Même ça, t'as pas le courage ! T'as pas de
couilles mon pauvre vieux ! »

FERME en ARIEGE

Les hippies sont plus cohérents : ils ne demandent rien à personne et vivent dans leurs fermes à élever chèvres et brebis et à vendre leurs fromages sur le marché de Saint-Girons. Ce sont des marginaux et pas des parasites.

J'ai vécu dans une ferme communautaire en Ariège près de Massat pendant deux ans. C'était sympa, tout le monde était gentil avec moi, surtout les enfants. Les gens étaient en paix entre eux et évitaient les conflits et l'agressivité venue du dehors.

Par contre j'avais senti un malaise le soir à la veillée, après le repas.

Les regards étaient bizarres et se croisaient par-dessus la table, surtout quand les enfants étaient allés se coucher. Les enfants avaient le droit de choisir tous les soirs, alors ils allaient se pelotonner contre leur copain ou leur copine du jour. Les parents allaient leur faire la bise et les laissaient tranquilles, tous parfois dans la même chambre. Pour les parents il y avait plusieurs chambres avec des lits pour deux. Quand les parents se retrouvaient seuls entre eux le soir autour de la table ou devant la cheminée, il devait se passer des espèces de tractations oculaires pour savoir à côté de qui on avait envie de se coucher ce soir. « Personne n'est la propriété de personne », m'avait dit le chef à mon arrivée. C'était le principe fondateur de la communauté. Mais je sentais bien que c'était tendu le soir et surtout ensuite le lendemain matin autour du petit déj, et que certains étaient malheureux ou furieux que leur partenaire habituel les laisse tomber pour une nuit et parte s'isoler avec quelqu'un d'autre.

Comme quoi les grands principes libertaires de 68 se heurtent parfois à des résistances psychiques archaïques certes, mais néanmoins solides.

Moi j'ai jamais essayé d'avoir une relation avec une des filles de la ferme. Elles étaient jolies pourtant avec leurs longs cheveux tressés, leurs robes à fleurs, leurs sabots et leurs bijoux faits maison, mais je sentais que ça serait compliqué et que j'allais foutre la merde. Alors j'évitais les regards du soir. J'adorais surtout m'occuper des animaux, mais l'hiver en Ariège c'était trop dur pour moi : le froid, le vent, la pluie, la neige… J'ai fini par dormir dans la paille avec les brebis et les chiens pour avoir un peu de chaleur. J'étais toujours malade et épuisé, alors j'ai dû redescendre à regret vers les villes. J'ai d'abord fait Pamiers qui ne m'a pas plu à cause de sa zone, puis Toulouse où j'ai fini par faire mon trou.

« Ferme communautaire, mon oeil ! Tu as baisé ces pauvres gosses et ces brebis de l'Ariège. T'es qu'un pédophile-zoophile. Phile, phile, phile. File, file, file. Cass'toi. T'es chez toi nulle part. Tout le monde te repère, même les gosses, même les brebis ! »

Tu es vraiment ignoble : les gosses, les brebis, les chèvres, les chiens ! Tu respectes rien !

Je ne suis vraiment bien nulle part. Je suis toujours sur le qui-vive dès que je sens des gens autour de moi. Et quand je me retrouve enfin seul, c'est encore pire : c'est comme si j'étais enfermé dans une pièce avec tous les démons qui vivent dans ma tête. Ils se mettent à parler, l'un après l'autre ou tous en même temps. Et ils me disent des horreurs : des choses que j'aurais faites, des pensées que j'aurais eues, des choses terribles qui vont m'arriver parce que je le mérite. Et je ne peux pas les faire taire et les oublier, même avec la musique plein pot dans le casque, ils continuent à me harceler. Un danger extérieur tu peux t'en éloigner, mais un truc qui est dans ta tête, tu ne peux pas y échapper. C'est comme si tu étais en prison, enfermé dans une cellule avec un type qui ne dort jamais et qui est là juste pour te parler jour et nuit, pour te critiquer, te menacer ou t'insulter en te hurlant dessus.

Il y a de quoi devenir fou.

« Mais non, c'est pas moi qui vais te rendre fou : c'est toi qui es déjà fou, depuis le début, depuis toujours. Irrécupérable ! Le psy l'a bien vu tout de suite, la première fois où il t'a vu, il t'a mis sous antipsychotique. Mais ça sert à rien : ça va pas te rendre normal. Et moi je serai toujours là pour te le rappeler. Rien ne me fera taire. C'est mon job. »

HALLUS

Des hallus j'en ai presque toujours eues depuis l'enfance. Surtout une voix dans ma tête, celle d'une femme la plupart du temps, avec un ton cassant et agressif, comme une cheftaine militaire ou scout, qui me critique, se moque de moi, m'humilie, m'insulte, ou me menace.

J'y suis habitué maintenant à cette voix, et je lui réponds du tac-au-tac : je ne me laisse plus faire. Je l'insulte aussi, la vieille salope !

Mais par moments, quand ça va vraiment mal, j'ai d'autres hallus en plus qui arrivent, des tas d'hallus, très différentes. Et là je peux plus rien faire pour me protéger.

Parfois je vois s'avancer vers moi des gens que j'ai connus et qui sont morts, ou des guerriers du passé, ou des monstres venus d'autres galaxies, ou des animaux préhistoriques. Et là c'est vraiment la 3D et le son Dolby Stéréo ! Je suis tellement mort de trouille que je suis capable de faire une connerie pour leur échapper : me jeter par une fenêtre ou par-dessus le parapet d'un pont.

D'autres fois je sens des odeurs de pourriture qui s'infiltrent dans mes narines et dont je ne sais pas d'où elles viennent. J'ai beau vider les poubelles, nettoyer les chiottes, changer les draps et lessiver tout l'appart, même les murs, elles ne partent pas. Je pense qu'elles s'infiltrent partout, par tous les orifices, par tous les tuyaux, par tous les murs et les planchers. Elles viennent vraiment juste me pourrir la vie.

Certains jours, quand je mange, je ne retrouve pas le goût habituel des aliments. J'ai un goût métallique dans la bouche, ou acide, ou juste répugnant. Comme si je mangeais du pourri.

Il m'arrive même de sentir des frôlements sur ma peau, la nuit surtout, des sortes de caresses qui m'excitent et me perturbent, comme si des gens s'introduisaient dans mon lit en douce et me faisaient des attouchements.

Le pire c'est quand j'ai des hallus à l'intérieur de mon corps : comme si mes organes vibraient, bougeaient, étaient déplacés, comme si des larves rampaient sous ma peau, comme si mes intestins étaient envahis par des parasites, des vers blancs gigantesques qui venaient me bouffer de l'intérieur. Je crois que ça c'est le pire : tu as vraiment l'impression d'être envahi, ou possédé, par des êtres malfaisants qui bossent jour et nuit dans ton bide.

Mon psychiatre m'a dit qu'on appelait ça des hallucinations coenesthésiques. Ok.

Les hallus c'est l'horreur. Quand tu as capté que tu es le seul à entendre, à voir, à sentir une chose, tu as compris que c'est juste ça être fou : être dans un monde à part, dont tu ne peux parler à personne, parce que les autres te disent et sont persuadés qu'il n'existe pas.

Quand j'étais petit, j'écoutais « la dame » dans ma tête, et je lui répondais à haute voix. Mes parents croyaient que je jouais. Après, les pédopsychiatres leur ont parlé de « compagnon imaginaire ». Ça les a rassurés un moment. Moi j'ai mis longtemps à comprendre que j'étais le seul à entendre cette voix, et que pour tous les autres elle n'existait pas, comme si c'était un truc que j'avais imaginé moi tout seul, ou créé de toutes pièces. Un truc de fou.

Quand tu es le seul à voir ou à entendre un truc, c'est que tu es fou.

C'est simple.

Alors j'ai décidé de ne parler à personne de tout ça. Je gère tout seul. Et maintenant quand je lui réponds à l'autre salope, je ne le fais plus à haute voix, pour ne pas me faire remarquer par les autres. Mais je lui tiens tête quand même. Je me défends. J'ai intérêt. C'est une lutte à mort entre elle et moi. Elle veut ma peau.

Ce qui me paraît bizarre c'est que mon nouveau psy ne me dit pas les mêmes choses que l'ancien.

Le vieux me demandait juste, une fois par mois, si j'entendais encore des voix, et à chaque fois que je lui disais oui, il cochait la case sur sa fiche et m'augmentait le traitement

roleptique direct, sans me demander mon
is, et puis basta.

Le nouveau au contraire, me pose des tas de questions sur la voix : si c'est un homme ou une femme, si c'est dans l'oreille droite ou gauche, si c'est le jour ou la nuit. Et puis surtout il a l'air super intéressé par ce qu'elle me dit. Il note même sur sa petite fiche bristol les phrases qu'elle prononce, comme si c'étaient des paroles de prophète. C'est dingue ça, qu'il s'intéresse autant à cette putain de voix ! Je suis presque vexé qu'il me pose autant de questions sur elle, et non pas sur moi. Comme si dans le fond j'étais, moi, quantité négligeable : juste le mec qui reçoit le message et qui le transmet. C'est fou ça !

Ils sont complices tous les deux, ou quoi ?

En plus il me dit que parfois, avec les nouveaux médicaments, la voix ne disparaît pas complètement, mais qu'elle est moins envahissante et qu'on peut même cohabiter avec elle. C'est ça selon lui l'avantage des nouveaux médicaments.

Cohabiter ! J'aimerais bien l'y voir Toute la journée et la nuit avec cette furie dans la tête ! Tu parles d'une cohabitation !

CAMPING

J'ai bien aimé l'époque où je dormais dans une tente Quechua au bord du canal du Midi, face à la gare routière, sur l'herbe, à l'ombre des platanes. Aux beaux jours on était plein à s'installer là, sur les deux rives. Le matin, les gars du Secours Populaire venaient nous servir le café et discuter de nos problèmes. J'étais bien entouré, au milieu d'un groupe de routards lorrains et belges, personne venait m'emmerder, j'étais à cinq minutes du centre ville, j'avais tous les magasins de la rue Bayard, de la place Belfort, de Jeanne d'Arc et de Victor Hugo. Je me trempais un peu le soir dans le canal pour me laver. C'était l'été en plus, le paradis pour moi. Mais le maire a fini par céder aux pétitions des riverains et ils ont fait évacuer le camping sauvage par les CRS. Ils voulaient nous transférer loin de la ville, en banlieue, sur un terrain vague sans un seul arbre, mais avec des sanitaires homologués : tu m'as compris ! Avec la canicule on allait tous griller comme des grillons. On a tous refusé et on a cherché ailleurs, vers l'île du Ramier, vu que la municipalité de Toulouse nous avait lâchés. Municipalité de gauche certes, mais quand même, faut pas exagérer. Là, selon eux, on avait abusé, la ville ne pouvait pas tolérer ce campement sauvage et insalubre. Depuis ils ont mis des clôtures métalliques tout le long du canal pour qu'on se réinstalle pas. Comme ça c'est clair. Du coup les riverains se retrouvent avec toutes les petites prostituées d'Afrique et d'Europe de l'Est qui tapinent toute la nuit sous leurs fenêtres des deux côtés du canal : c'est bien fait pour eux !

Moi les prostituées j'y vais jamais : ça me fait peur. On m'a raconté comment ça se passe. J'aime pas qu'une fille me déshabille, me touche, me lave, me mette un préservatif et ensuite s'acharne à me faire jouir juste parce que je l'ai payée. J'aime pas de toute façon qu'on s'approche trop près de moi, qu'on me touche et qu'on me voie tout nu. Et puis le sexe c'est trop compliqué pour moi : il faut entrer dans le corps de l'autre, c'est fou ce truc, c'est comme une intrusion, une effraction, une agression ou une violence, même si l'autre est d'accord. Et puis c'est toujours pareil : il n'y a que trois entrées possibles chez les filles, deux chez les garçons, tu as vite fait le tour. C'est d'un ennui mortel ! Je ne comprends pas pourquoi ils pensent tous à ça : à entrer dans l'autre pour ressortir très vite, c'est une vraie obsession, on dirait des singes lubriques dans un film muet aux images saccadées.

« Tu parles ! C'est que t'es PD, c'est tout. Tout le monde le voit bien, même les petites prostituées, elles se marrent quand elles te voient passer au bord du canal, quand tu fais semblant de pas les voir, avec ton regard fuyant. PD. PD. PD. C'est ce qu'elles disent toutes en te voyant. »

Moi ce que j'aime c'est m'allonger sur l'herbe la nuit à côté d'une fille en regardant les étoiles, fumer un peu d'herbe et l'écouter parler : qu'est-ce qu'elles ont la voix douce ! ça me rappelle ma mère. Je n'écoute pas ce qu'elles racontent : juste la musique de leur voix qui me berce et qui me dit que je n'ai rien à craindre, que la vie est belle, que le cosmos est paisible et que les étoiles veillent sur nous. Là je peux m'endormir heureux.

Et le lendemain, les autres couillons me demandent toujours : « Alors Rémy ? ça y est ? t'as pécho ? t'as couché avec elle ? »

Non : à côté d'elle, débile ! Mais c'était tellement bien ! J'étais au paradis, pendant qu'ils tiraient juste leur coup à la va-vite, comme des bourrins.

« Et toi pendant ce temps, tu dormais à côté d'elle, comme un PD ! »

Tu sais ? En fait, j'ai horreur des mecs : ils sont juste l'inverse de ce que je suis. Je ne vois pas pourquoi je devrais leur ressembler. Je ne suis pas une femme non plus, ça c'est clair. J'ai pas envie d'être une femme et de me laisser pénétrer par des mecs. Mais j'ai pas non plus envie de pénétrer des mecs. Tu peux le comprendre ça ?

« *T'es pas une femme. T'es pas un mec. Alors qu'est-ce que t'es ? T'es qu'un PD. C'est pas compliqué ! C'est clair !* »

Mais qui a décrété qu'il n'y avait que deux possibilités ? C'est Dieu ? Ou la Nature ? Ou la Raison ? Ou un vote à l'Assemblée Générale des Nations Unies ? C'est qui le patron ?

Qui décide de tout ça ?

En tout cas moi j'ai décidé que ce ne serait pas la voix.

Elle a beau me répéter : « Rémy tu es un PD ! » moi je sais bien que je préfère les filles, mais pas pour leur faire les trucs qu'ils veulent eux.

OCEANE

J'ai rencontré une fille violoncelliste le soir de la Fête de la Musique. Elle était installée avec son groupe sur la place Saint-Pierre devant le bar Basque. Les autres jouaient du violon, de l'accordéon, du saxo et de la guitare. Elle était la seule assise sur un pliant, avec son magnifique instrument fauve serré entre ses jambes, comme une princesse protégée par tout son groupe de musiciens debout. Elle ne regardait personne en jouant, était très concentrée et attaquait les cordes avec une fougue et une force pleines de volonté, de détermination et parfois de rage. C'était bizarre parce qu'elle avait des bras, des poignets et des doigts très fins et comme fragiles. Comment pouvait-il en sortir cette puissance pour faire chanter cet instrument robuste aux sonorités rauques et sombres, venues des profondeurs, comme s'il était un prolongement de sa propre cage thoracique et de son abdomen ? Elle avait de très longs cheveux blonds qu'elle secouait dans les moments de furie, et qu'elle rejetait en arrière quand ils venaient lui cacher le visage. Son visage qui au bout d'un moment devenait tout rouge, comme si elle avait chaud à cause de la vitesse de son jeu, ou comme si elle avait honte de ce qu'elle n'avait pu s'empêcher de révéler d'elle-même en jouant.

Elle était très pudique et très timide.

Je me suis assis à trois mètres devant elle et je l'ai regardée jouer toute la nuit. Mon corps entier est entré en résonance avec son rythme. Elle a bien vu que je restais scotché devant elle, et vers la fin elle me jetait des petits regards en coin avec ses yeux verts, et me faisait de petits sourires complices quand je l'applaudissais comme un malade. Quand elle a commencé à remballer son instrument je me suis approché pour lui parler de la musique qu'elle nous avait offerte ce soir-là, et pour la remercier du cadeau qu'elle nous avait fait. Je lui ai dit que je jouais un peu de la clarinette et de l'harmonica dans la rue pour me faire quelques sous. On a continué à discuter musique tout en rentrant chez elle par les quais. Elle me dit qu'elle s'appelait Océane, une idée de son père breton, amoureux de l'Atlantique, et qu'elle habitait sur les allées de Brienne juste au bord du canal. Elle me dit qu'elle était vannée d'avoir autant joué en public, mais que c'était une bonne fatigue pour elle de s'être donnée comme ça face à des inconnus, et que, si je voulais bien, elle pouvait m'offrir un bol de tisane sur son balcon.

Quand c'est une fille qui me propose quelque chose de ce genre je dis toujours oui. Apparemment je ne lui faisais pas peur, sinon elle m'aurait jamais ramené chez elle comme ça, sans me connaître, à deux plombes du mat. Et ça, c'était nouveau pour moi : d'habitude, les filles je leur fais peur. Et elles ne me répondent même pas si je leur dis bonjour : elles se défilent en courant.

Elle m'a fait asseoir sur son balcon et on a regardé les reflets de la lune qui jouaient à la surface du canal avec ceux des réverbères, en écoutant les derniers groupes dispersés sur les quais de la Garonne marteler la nuit avec leurs batteries lancinantes et leur hard-rock infernal. Elle a fait chauffer de l'eau et nous avons siroté un tilleul.

Elle avait dit vrai. J'y croyais pas au début mais elle ne buvait effectivement jamais d'alcool. Elle me dit qu'elle n'avait pas besoin de ça pour faire la fête : pour elle la fête c'était bouger son corps, danser en suivant un rythme, se laisser envahir par la musique en fermant les yeux, mettre son corps en harmonie totale avec elle, et là elle pouvait aller jusqu'à la transe et s'écrouler à la fin, épuisée comme si elle avait pris un shoot. C'était une drôle de fille. Je le lui dis et elle éclata d'un grand rire clair et sonore, plein de soleil et d'énergie positive.

Au bout d'un moment elle me demanda ce que j'aimerais faire maintenant. Je le lui dis sans hésiter, j'étais en confiance :

« J'aimerais mettre mon nez dans tes cheveux en te serrant dans mes bras, pour que nos énergies communiquent et fusionnent. »

Elle alluma le feu vert d'un hochement de tête et fit un pas vers moi en donnant un léger mouvement latéral à sa hanche droite dont la courbe semblait avoir servi de modèle au luthier quand il avait dessiné celle de son violoncelle.

Nous restâmes comme ça, collés l'un à l'autre et enlacés une bonne heure, l'odeur de ses cheveux m'enveloppant lentement pendant que ses doigts graciles se promenaient sur ma nuque en caressant mes mèches de cheveux. Moi je lui caressais le dos en prenant soin de ne pas descendre trop bas, et par moments je sentais ses hanches qui esquissaient un mouvement, comme si elles avaient envie de commencer une ondulation qu'elle contenait aussitôt.

A la fin elle me dit : « Il faut que je dorme maintenant. Si tu veux, tu peux t'allonger à côté de moi et on ne fera que ça : dormir l'un à côté de l'autre. » Et elle me désigna la porte de sa chambre avant de filer à la salle de bains.

Elle ne pouvait pas mieux tomber : c'est ce que je préfère avec les filles, m'allonger à côté d'elles et les regarder dormir. C'est beau une fille qui dort, je ne me lasse pas de les contempler pendant que leur corps s'abandonne au sommeil et qu'il n'est plus dans une posture sociale, tendu et méfiant, en représentation. C'est comme si elles me permettaient d'avoir un accès direct à leur intimité, quand elles sont sans artifices, vulnérables, au plus profond du sommeil. Quel cadeau !

Je l'ai regardée toute la nuit. J'ai pas fermé l'oeil. C'était trop beau à voir, une fille avec cette courbe de hanches couchée sur le côté. Le violoncelle posé à la tête du lit en semblait juste la réplique en bois.

Le lendemain elle m'a dit qu'elle partait pour une série de concerts et d'ateliers d'initiation musicale auprès des enfants de Cisjordanie et de la Bande de Gaza. Elle m'a laissé son numéro de portable, au cas où je voudrais la revoir à son retour début juillet.

J'ai quitté son appart en chantonnant dans ma tête : « Océane, Océane… »

Ça faisait un bruit de vagues à l'intérieur de mon crâne.

Et comme une promesse de retour.

« Tu vois bien. Je te l'avais dit. Un mec normal aurait au moins essayé de la baiser pendant la nuit. Mais toi t'es pas un mec. Elle s'en est bien aperçue ! Elle t'avait bien chauffé en se collant à toi, s'était mise à poil rien que pour toi, t'avait invité à venir près d'elle sur son lit. Qu'est-ce que tu voulais de plus ? Un dessin ? Et tu n'as rien fait de toute la nuit ! T'es vraiment qu'un gros PD ! »

TROTTOIR

Comme j'ai rien à faire de mes journées et comme les touristes commencent à arriver à Toulouse j'ai décidé de faire la manche devant la basilique Saint-Sernin.

J'ai réparé ma vieille clarinette, j'ai installé mon chapeau de cuir par terre pour les pièces de monnaie, et je joue assis tailleur devant la porte Miégeville, face à la rue du Taur. Là on peut pas me rater.

J'essaie de jouer du Mozart, mais ça va trop vite pour moi, c'est pour les virtuoses. Alors j'adapte des airs plus simples : du Brassens, du Sidney Bechet, du Claude Luter.

Des fois je pose ma clarinette et je continue avec mon harmonica : c'est bien pour les airs de folk américain.

Les gens s'arrêtent après avoir visité la basilique. Les anglais surtout, qui aiment bien le vieux jazz. Ils me demandent même parfois si je n'ai pas gravé un CD ! C'est dingue ! Il y en a même deux qui m'ont laissé leurs coordonnées pour que je les avertisse quand j'aurai gravé mon disque ! Je suis super fier !

Au début j'évitais leurs regards, et ils passaient sans rien me laisser. J'ai compris qu'il fallait entrer en contact visuel avec eux tout en jouant, c'est comme ça que tu peux nouer un lien de complicité et qu'à la fin du morceau ils craquent. C'est souvent les enfants qui viennent mettre une pièce dans mon chapeau. Une fois une petite anglaise m'a même donné sa chocolatine en me demandant : « Are you hungry ? » Elle était trop mignonne. Après elle s'est assise en tailleur en face de moi pour m'écouter, jusqu'à ce que sa mère vienne la récupérer en s'excusant. Ils sont trop ces Anglais.

Les policiers municipaux me connaissent et sont sympas avec moi, à condition que je ne joue pas pendant les offices et que je ne fasse pas trop de bruit, ils me laissent faire la manche tranquille.

Le curé de Saint-Sernin par contre me lance des regards furibards quand il passe devant moi, mais il n'ose rien me dire : ça la foutrait vraiment mal pour un disciple du Christ qui était plutôt du côté des pauvres, si je me souviens bien ! Lui on dirait plutôt un jeune cadre supérieur dynamique avec son crâne rasé, ses petites lunettes métalliques, son téléphone portable et son attaché-case. C'est un homme d'affaires toujours pressé qui veut sans doute faire carrière comme évêque en France ou même comme cardinal à Rome. Il voudrait sans doute que Saint-Sernin donne une bonne image aux touristes, alors que moi et ma clarinette on fait plutôt tache.

Avec lui on est loin de Saint François d'Assise ! Enfin, tant qu'il ne me fait pas évacuer par la police…

Depuis que Toulouse est envahie par les touristes anglais, américains, japonais, allemands, russes, hollandais, belges, italiens et espagnols, j'arrive à me faire vingt ou trente euros par jour. C'est royal ! Ça je le dis pas à ma curatrice, c'est au black, sinon elle me réduirait mon argent de poche sur l'AAH.

MAY

Samedi j'ai rencontré une fille au bord de la Garonne. Le soleil brillait et chauffait plein pot et assommait la ville. Le vent d'autan était tombé. Des peintres avaient accroché leurs tableaux aux énormes murs de briques roses du quai de la Daurade et du quai de Tounis. Les pelouses qui longent le fleuve étaient recouvertes de jeunes allongés en couple ou en petits groupes. Tout ce monde riait, buvait des canettes, fumait, écoutait de la musique, se bécotait. C'était cool et paisible, un peu comme autrefois dans ma communauté en Ariège, les chèvres en moins.

Tout à coup je l'ai vue. Elle était seule, à l'écart des groupes, assise adossée au mur du quai, les jambes sur l'herbe. La tête relevée vers le soleil, les yeux fermés, les lèvres entrouvertes comme si elle souriait à une rêverie intérieure déclenchée par cette caresse du soleil sur sa peau. Elle portait juste un petit débardeur couleur safran, un bermuda cycliste noir moulant et des Nike de jogging blancs et gris. Son corps entier était comme offert au ciel et au soleil, et se laissait traverser par cette chaleur et cette douceur du printemps qui m'ont toujours réconcilié avec Toulouse. Que cette énorme ville, qui d'habitude me terrorise, puisse aussi abriter et sécréter ces oasis de plaisir de vivre au bord de ce fleuve merveilleux est proprement miraculeux.

Je me suis approché d'elle et assis en silence à un mètre. Elle a ouvert un oeil et m'a souri. Une vague de douceur m'a envahi et j'ai répondu à son sourire :

« Salut ! Ça ne te gêne pas que je m'assoie ici ? Je suis venu seul moi aussi. Je m'appelle Rémy.

— Pas du tout. Je m'appelle May. Oui, c'est pas courant en France, mais mon père était irlandais. En fait c'est comme Marie, Myriam ou Maylis. Je suis venue seule c'est vrai, mais pour profiter aussi de la présence de tous ces gens qui produisent du calme et de la joie de vivre. Alors je leur en prends un peu ou plutôt je me laisse traverser par toutes ces ondes positives. Après mon jogging ça me fait baisser l'adrénaline et ça calme mon coeur.

— Ça te dérange si je me roule un joint ? Je pense que pour moi ça rendrait le moment encore plus parfait.

— Tu peux bien sûr. Je t'en prendrais bien une taffe si tu veux bien. Je ne fume pas souvent parce que je suis addict au sport, mais ça m'arrive, plutôt le soir après un repas entre amis. Ça me détend. »

Elle a refermé les yeux, renversé la tête en arrière et s'est remise à sourire aux anges.

Tout en roulant mon joint je regardais son profil droit : elle avait une peau de blonde pleine de taches de rousseur mais dorée par le soleil, pas simplement rougie comme les filles du Nord. Des cheveux blonds mi-longs qu'elle rassemblait de temps en temps en arrière d'un coup de main rapide pour s'offrir entièrement au soleil. Des épaules larges et hautes plus bronzées que le visage, et de beaux seins bien ronds qui gonflaient le débardeur. Des mollets musclés et des cuisses longues et fines de coureuse de fond. J'arrivais pas à la quitter des yeux. J'aurais voulu qu'elle reste juste comme ça pendant des heures à s'offrir au soleil pendant que la Garonne glissait devant nos pieds en caressant langoureusement les piles du Pont-Neuf et leurs étraves triangulaires.

Sans ouvrir les yeux elle s'est mise à parler : « Je sens que tu me regardes mais ça ne me gêne pas. J'ai bien capté que tu n'es pas comme les autres qui viennent ici pour draguer les filles solitaires et qui te baratinent directement en te faisant des compliments sur ton physique de sportive ou tes yeux vert-gris. Ils sont lourdingues et au bout de cinq minutes t'invitent à aller voir leur petite chambre d'étudiant sous les toits. Toi tu n'es pas comme ça avec les filles, Rémy. Je me trompe ?

— Non. Tu as bien intuité. J'aime les filles, leur présence, leur beauté, leur douceur. Mais j'aime pas me jeter sur elles pour les consommer comme un prédateur.

Tu veux finir mon joint ? »

Elle m'a tendu sa main droite sans ouvrir les yeux et a aspiré une longue taffe tout en douceur, comme si c'était un complément d'émanation du soleil, un geste presque religieux de communication avec le cosmos. Puis elle a expiré voluptueusement la fumée en la contrôlant avec ses lèvres entrouvertes, dans un sourire d'extase. Tout ça sans un mot.

Elle était parfaite. J'avais eu une super chance ce jour-là : j'étais tombé direct sur la bonne personne. Je sens souvent ces choses-là, sans paroles, comme si j'avais des antennes.

Au bout d'une demi-heure elle m'a dit : « Si tu veux on va manger un sandwich végétarien en face, sur la Prairie des Filtres, et après je rentre en courant chez moi à la Patte-d'Oie. »

Elle avait deviné que j'avais faim et que j'étais plus ou moins SDF. Je crois même qu'elle avait deviné que j'avais quelques problèmes avec la psychiatrie, mais qu'elle ne m'en avait rien dit par discrétion et politesse. On s'est dit au-revoir après le sandwich, mais je lui ai dit mine de rien que le lendemain, dimanche, je serais assis au même endroit à la même heure. Elle a ri carrément et m'a dit : « Ok, je vais essayer d'être à l'heure alors ! »

Je l'ai attendue toute la matinée pendant que les quais se remplissaient de groupes qui venaient pique-niquer et passer l'après-midi au soleil. Elle est arrivée en courant à onze heures. Elle avait mis un autre débardeur, couleur moutarde cette fois-ci, et un short fendu sur le côté, rouge Bordeaux à bordure blanche. Elle portait des lunettes de soleil opaques, noires et rouges, en forme d'amande, enveloppantes. Magnifique.

Elle s'est laissée tomber à côté de moi sur l'herbe et m'a fait la bise. Elle était essoufflée, toute rouge et couverte de sueur. Je suis resté tout con. Elle m'a dit : « Je suis vannée aujourd'hui. Tu permets que je pique un petit somme d'abord ? » Et là elle a fait un truc énorme : elle s'est allongée perpendiculaire à moi, a posé sa tête sur ma cuisse et m'a dit : « Merci pour l'oreiller. A toute. »

J'étais paralysé. Le poids de sa tête sur ma cuisse, si près de mon sexe, et tout son corps allongé là contre moi. C'était trop.

Je suis resté pétrifié tout le temps où elle a somnolé.

Elle, avait l'air au contraire tranquille, très à l'aise, abandonnée, en confiance totale, comme si rien de mal ne pouvait lui venir de moi. C'était la première fois que j'avais l'impression de protéger quelqu'un, de l'avoir pris en charge et d'en porter la totale responsabilité. Quelqu'un qui m'avait donné ce rôle d'oreiller d'emblée, sans que je l'aie sollicité ou autorisé. C'était bouleversant pour moi qui jusqu'ici était très méfiant et mal à l'aise avec les contacts corporels. Mais là, ce n'était pas du tout une agression ou une intrusion : sa tête s'était posée sur moi comme un bébé animal qui se love sur tes genoux pour faire sa sieste parce qu'il te prend pour sa mère et qu'il te fait totale confiance.

Elle a ouvert un oeil à midi et demi, m'a souri et m'a dit : « Aujourd'hui j'ai pas envie de leurs sandwiches soi-disant bio. Je t'invite chez moi : on grignotera sur le balcon au milieu de mes plantes. D'accord ? »

J'ai dû faire une drôle de tête parce qu'elle n'a pas pu réprimer un rire explosif.

« Je veux bien, ai-je ajouté, mais en marchant alors, parce que courir, ça j'ai jamais pu, c'est comme la natation, je suis handicapé complet. »

Son rire a redoublé, elle s'est relevée d'un bond et m'a tiré par la main pour m'aider à me remettre sur pieds. Nous sommes remontés sur le Pont-Neuf, puis descendus rue de la République, Saint-Cyprien, avenue Etienne Billières et la Patte-d'Oie. Son immeuble était là à trente mètres du carrefour, pas très loin du foyer Antipoul où j'avais eu mes premières expériences de jeune SDF. J'essayai de chasser de ma tête ces ondes négatives et de me laisser juste caresser par sa voix qui continuait à me raconter je ne sais quoi : je n'arrivais pas à me concentrer sur ce qu'elle disait, tant j'étais pris par la texture de sa voix et la mélodie des phrases. En hypnose.

Elle m'a fait monter trois étages, m'a installé sur le balcon au milieu de ses plantes, et a disparu dans la cuisine pour revenir au bout de cinq minutes avec un grand saladier jaune plein de tas de choses de toutes les couleurs :

« Je t'avertis : y a pas de viande, juste du riz complet, des légumes, des fruits, des oeufs et du poisson fumé. Et je ne bois que du thé glacé. Ça ira comme ça ou tu préfères autre chose ?

— Tu rigoles ? C'est grand luxe ! Moi en ce moment c'est pizza-coca. Pas terrible comme régime ! »

On a mangé sur le balcon, sans parler, mais de temps en temps son regard croisait le mien et m'injectait une dose de cette boisson nourricière, tendre, réconfortante et bienveillante, dont elle seule avait la recette. Comme protectrice et encourageante pour moi. Elle aurait pu être ma mère, ou ma soeur aînée. Mais ça, je ne pouvais pas le lui dire, et ce n'était pas l'exacte vérité d'ailleurs, parce qu'à l'évidence elle aurait pu être aussi tout autre chose.

Elle s'est levée et m'a dit : « Là je vais prendre ma douche, parce que je n'aime pas garder toute cette sueur sur moi avec cette chaleur. A toute. »

Elle est revenue au bout de cinq minutes, serrée dans une serviette blanche.

« Si tu veux tu peux prendre une douche toi aussi. Moi, je t'avertis, après la douche je m'écroule et je fais une grosse sieste. Alors à plus. »

Elle est montée dans sa chambre et je me suis retrouvé tout con. Je pouvais prendre une douche moi aussi, ça d'accord. Mais après, qu'est-ce que je devais faire ? Rester en bas et attendre qu'elle ait fini sa sieste, ou monter la rejoindre ? Mais est-ce qu'elle m'avait implicitement invité à la rejoindre pendant sa sieste ou est-ce que je me faisais des idées ?

J'ai pris ma douche pendant trois quarts d'heure, c'est vrai que j'en avais besoin. Et j'ai examiné tous les scénarios possibles, avant de me décider. Finalement je suis monté sur la pointe des pieds pour ne pas faire grincer les marches en bois de l'escalier. Elle était nue sur son lit, couchée sur le ventre, la tête cachée dans ses cheveux, les bras enserrant l'oreiller, les jambes écartées, magnifique. Je l'ai contemplée une minute, debout à la porte de sa chambre, puis je me suis allongé très doucement à côté d'elle, pour ne pas la réveiller, je me suis couché sur le dos, et j'ai regardé le plafond pendant une heure en l'écoutant respirer. Je sentais son odeur unique qui planait au-dessus de nous, et surtout, du coin de l'oeil, je voyais le grain de sa peau bronzée qui frémissait à chaque inspiration. C'était un moment parfait.

Quand je pense que quelqu'un d'autre à ma place l'aurait gâché en lui sautant dessus pour initier une activité de type sexuel dont elle n'avait pas forcément envie. Quel idiot !

« J'aime bien qu'on me caresse le dos très doucement et très longuement, surtout avec l'ongle du pouce le long des vertèbres... » a-t-elle murmuré soudain dans ses cheveux sans me regarder. J'étais sauvé : j'avais enfin son feu vert, et en plus elle me donnait le mode d'emploi et me demandait une chose que je peux faire sans crainte ni angoisse, tant qu'il ne s'agit pas de pénétrer le corps de l'autre, mais de rester juste à la surface, lui faire plaisir et prendre plaisir à effleurer le grain de sa peau.

Décidément j'avais bien fait de m'asseoir hier matin à côté d'elle : nous étions faits pour nous entendre. Je l'avais senti tout de suite.

Je me suis relevé sur un coude et j'ai posé ma main gauche à la base de sa nuque, puis j'ai commencé à la promener tout le long de son épine dorsale jusqu'au coccyx. Et là elle s'est mise à ronronner.

Au bout d'une demi-heure elle s'est retournée sur le côté gauche et m'a dit en souriant : « Merci toi. C'était un délice ! Et si je m'occupais un peu de toi à mon tour ? Qu'est-ce que tu préfères ?... Tu veux bien que je te caresse avec ma bouche ? » Et là, bizarrement, sans réfléchir, j'ai fait un truc inouï : j'ai hoché la tête et j'ai fermé les yeux. Je sentais que personne d'autre qu'elle ne pouvait me faire ça sans m'effrayer. Jusqu'ici chaque fois qu'une fille avait essayé de me prendre dans sa bouche j'étais parti en courant. Mais avec elle c'était d'une douceur et d'une tendresse parfaites. Rien à voir avec la voracité violente des autres. Décidément on était pareils, comme des jumeaux, comme les deux moitiés de sphère du Banquet de Platon.

Pendant tout le temps où ses lèvres, sa langue et ses cheveux m'ont lentement caressé, j'ai tout oublié : les foyers, les squats, les tentes Quechua, l'hôpital psychiatrique, les médocs, et la voix. Celle-là surtout elle s'était tue comme par miracle. Il y avait autour de nous deux une telle densité d'atmosphère tendre et chaleureuse, qu'elle avait battu en retraite, vaincue, avec ses petites phrases mesquines et teigneuses qu'elle a dû ravaler. C'est plus efficace que les neuroleptiques ! Et gratuit !

La voix n'était plus dans ma tête ! C'était énorme ! Je n'ai pas osé le lui dire, mais je crois qu'elle a compris : elle m'avait attrapé par la main et m'avait tiré in extremis hors du puits psychotique où j'étais en train de sombrer.

Je ne suis pas resté dormir chez elle ce soir-là : elle avait son boulot qui l'attendait le lendemain matin au Collège George Sand, route de Saint Simon, prof d'anglais, et puis je ne voulais pas squatter et l'envahir. Ce qui nous était arrivé était si miraculeux que je voulais le préserver. Alors j'ai préféré lui donner un nouveau rendez-vous sur les quais près du Pont-Neuf le samedi suivant à onze heures. Elle a eu l'air un peu inquiète et m'a dit que si un soir j'étais vraiment en galère je n'hésite pas à venir sonner à sa porte plutôt qu'au foyer Antipoul. J'ai dit Ok. Elle m'a écrit son numéro de portable sur un post-it, et je suis parti vers ma tente Quechua sur l'île du Ramier. Je n'avais pas de portable bien sûr, ça elle l'avait compris tout de suite. Ni d'adresse postale.

« Bon d'accord, elle t'a fait une pipe et tu t'es laissé faire. Bravo ! Mais c'est que tu es tombé sur une salope : elle fait ça à tous les

mecs qu'elle fait venir chez elle ! Les profs d'anglais sont toutes comme ça de nos jours, qu'est-ce que tu crois ? Ça prouve pas pour autant que tu es hétéro !

Homo, homo, homo, tu es homo ! Homothétique, homophobe, homophile, homo sapiens, homo erectus, homolatéral, homozygote, homogène, homologue, homonyme, homophone, homoncule, oh mon cul, il m'encule, mon cul. »

PARGA

J'ai passé la semaine à chercher un meublé avec ma curatrice, madame Mazières, Bénédicte. Finalement c'est elle qui a réussi à me trouver un petit studio dans un immeuble de la rue Pargaminières où le proprio avait passé un accord avec la CAF, pour être sûr d'être payé tous les mois. C'est près de la place Saint-Pierre et donc très bruyant et agité la nuit, envahi tous les soirs par des étudiants attirés par les bars qui entourent la place. Quand tous les bars sont pleins, salle et terrasse, ils débordent sur les trottoirs, sur les pelouses, sous les platanes, puis se déversent par les escaliers sur les quais de la Garonne où ils retrouvent leurs dealers tout en continuant avec bière, gin et vodka. Je te dis pas les monceaux d'ordures le lendemain matin. Saint-Pierre c'est le coeur de la vie estudiantine. Il faut bien que nos futures élites prennent un peu de bon temps pour tenir le coup jusqu'aux examens. Le jeudi soir c'est le pire, ils finissent tous en coma éthylique, filles ou garçons, le SAMU doit même venir en récupérer quelques uns, les plus graves.

Enfin, j'ai réussi à avoir un studio pour moi tout seul, même si c'est pas le quartier le plus tranquille de Toulouse, mais au moins c'est vivant. Et surtout j'ai un espace à moi. Ma curatrice est sympa, elle m'a dit qu'elle ne viendrait pas voir comment je m'organise ni à quelle heure je me lève, ni si je fais le ménage, ni si je vide la poubelle. Elle veut « m'autonomiser ». Le premier soir je suis resté dans le noir, couché sur mon lit et j'ai bien écouté tous les bruits de l'immeuble et de la rue. C'est un moment très important quand j'arrive dans un nouveau lieu : il faut que j'ouvre grandes mes oreilles et que je capte toutes les ondes négatives et positives qui traversent mon appart. Il faut que j'entre en communication directe avec tout ça, que je l'analyse, que je le comprenne, et que je mette en place un système de défense. Je suis entre quatre murs mais je sais que ça n'assure pas une protection à 100 %. Ils ont dû repérer mon arrivée, donc ils vont forcément faire quelque chose, venir voir qui est le nouveau, essayer de le cerner et si possible se servir de lui. Je ne fais aucun bruit, comme ça j'entends tout ce qui se dit. Les murs ont l'air très minces ici, je vais vite repérer ce qui se trame. Et surtout je dois capter qui est avec moi et qui est contre moi. Chaque fois que je suis parti d'un endroit c'est à cause de ça : il y avait trop de gens contre moi, qui m'observaient et me cernaient. Mais les gens c'est facile, je peux leur échapper en changeant d'endroit : c'est pas comme la voix. Mon pire ennemi c'est elle : elle a réussi à pénétrer dans ma tête, elle s'est installée et ne me lâche plus, jour et nuit. Au début quand j'étais enfant, je croyais que tout le monde entendait des voix. C'est peu à peu que j'ai compris que la plupart des gens n'en entendent pas. J'ai compris aussi que d'après les psychiatres c'est une maladie qui se soigne avec des médicaments. Depuis que je suis ado j'ai eu droit à tout. Ils ont essayé tous les neuroleptiques : Haldol, Tercian, Loxapac,

Solian, puis Risperdal, Zyprexa, Abilify, Xeroquel. En général les médicaments m'apaisent, calment mon anxiété, mais ne font pas disparaître la voix. Au mieux ils me permettent de cohabiter avec elle sans me sentir trop envahi. C'est déjà pas mal.

Surtout les nouveaux médicaments, ils m'assomment moins, je me sens moins zombie, je peux faire des choses pendant la journée au lieu de dormir ou de rester assis à somnoler. Mais du coup je suis un peu plus angoissé. C'est le prix à payer.

Je vais descendre un peu et faire le tour du quartier avant que les hordes de jeunes n'envahissent la place Saint-Pierre. Je vais repérer les petites épiceries, celles qui sont toujours ouvertes, même le dimanche et tard la nuit. Les marchés c'est trop cher pour moi, et puis il y a trop de monde : place du Capitole ou Victor Hugo le matin c'est la cohue. Et puis j'achète pas de produits frais, viande, poisson, légumes ou fruits, ça me fait peur tout ça. On peut tomber malade quand c'est cru. C'est plein de bactéries. Le marché bio c'est le pire :

les légumes sont tout tordus et pleins de terre et de fumier.

« *De toute façon, quoi que tu manges, tu es cuit. La maladie était déjà en toi, dès ta naissance, c'est ta mère qui te l'a inoculée. Aucun remède n'existe pour toi, et aucun régime préventif possible. Le mal est en toi. Tu es le fils du mal, le représentant du mal, le transmetteur du mal. Tu es le mal, le mal, le mal, le mal. Tu as bien vu, le jour où tu as demandé au prêtre spécialisé dans les diableries à Saint-Etienne de t'exorciser : il t'a gentiment conseillé d'aller voir plutôt ton psychiatre ! Ils sont pas fous les exorcistes !* »

CLAUDIE

Ce matin je suis allé au petit Casino du coin de la rue acheter du lait, du café soluble, du pain et du Coca. Arrivé à la caisse il me manquait un euro quarante sept. Je commence à dire à la caissière : « Tant pis, je vais pas prendre le café aujourd'hui. Je reviendrai la semaine prochaine quand j'aurai touché mes sous », et là une petite mamie avec des cheveux blancs teints en mauve, qui était juste derrière moi dans la queue, dit à la caissière « S'il vous plaît, donnez-lui son café mademoiselle, c'est moi qui vous le paierai. C'est une honte qu'on laisse des pauvres jeunes comme ça, sans le sou, à mourir de faim. »

Je ne savais plus où me mettre. C'était une petite souris vive et alerte avec des yeux pétillants de malice. Je lui ai proposé de lui porter son cabas pour la remercier, c'était bien la moindre des choses. Elle m'a dit oui, toute contente. Tout en revenant chez elle elle m'a avoué : « Je vous croise souvent au petit Casino. Excusez-moi mais j'ai pas pu m'empêcher de remarquer des choses. Je vois bien que vous n'avez pas assez d'argent pour vous nourrir correctement. Que vous prenez les trucs les moins chers sans vous préoccuper de votre santé. Les gens vous regardent bizarrement parce qu'ils voient bien que vous n'êtes pas un vrai SDF comme les autres : il y a autre chose. Moi je dis rien mais j'ai compris depuis un moment : je m'appelle Claudie, j'ai été infirmière en psychiatrie toute ma vie. A Paris d'abord, à Maison Blanche, à Ville-Evrard, et puis à la fin à Toulouse, à Marchant. Vous n'êtes pas un clochard alcoolique ou drogué, ça je l'ai vu tout de suite. Vous êtes juste un malade psy qui a été abandonné par sa famille. Je me trompe ? Mais si vous n'avez pas envie d'en parler je comprendrai. J'en ai connu des tas comme vous. Le plus dur c'est l'hiver : je leur donnais tous les vieux pulls que je pouvais récupérer dans ma famille, parce que je me doutais bien que leur appartement n'était pas assez chauffé ou pas du tout.

Voilà on est arrivés. Entrez et débarrassez-vous de votre anorak, avec cette chaleur vous devez être en nage. On va grignoter ensemble. Pour une fois que j'ai de la compagnie, ça va me changer de mes tristes repas en solitaire. Vous allez voir, j'adore bavarder. Si je vous saoûle dites-le moi. Vous n'êtes pas obligé de me tenir compagnie tout l'après-midi ! »

Pendant qu'elle trottinait dans sa cuisine entre le frigo, l'évier et la gazinière, je regardais son appartement tout en mettant la table. On aurait dit un petit musée. Les murs étaient couverts de photos de paysages : la montagne, la mer, les forêts, les déserts. Le buffet, les consoles et le poste de télé étaient couverts de photos des membres de sa famille, ses ancêtres, ses descendants, ou de ses amis d'autrefois : un homme en uniforme militaire, des enfants en maillot de bain à la mer, de grandes tablées de repas de famille, des repas de service entre infirmières, le bon vieux temps. J'avais envie de lui demander : « Ça vous fait pas mal Claudie d'avoir tout ça sous les yeux en permanence ? Toute votre vie passée ? Tous ces gens que vous ne reverrez peut-être plus jamais ? Moi il me semble que je ne pourrais pas. Je préfère ne garder aucune photo. »

Mais finalement je n'ai rien dit. Elle aurait eu encore plus mal à m'écouter dire ça. Je n'avais pas à me mêler de la façon dont elle se débrouillait avec son passé, après tout. Chacun sa méthode. Claudie avait trouvé la sienne : elle en avait fait son musée.

KADER

Ils disent tous que je suis fou, mais les fanatiques religieux sont beaucoup plus fous que moi, et dangereux.

Mon voisin Kader en reçoit quelques uns dans son appart un soir par semaine, le vendredi. Je fais le mort, comme ça j'entends tout ce qu'ils se disent.

Au début ils font leur prière sur leurs tapis je suppose. Je comprends rien à ce qu'ils racontent. Puis après ils doivent s'installer sur les canapés pour boire le thé et manger. Et là il y en a un qui commence à leur expliquer la situation en France, en Europe et dans le monde. C'est pas mon voisin, c'est une voix nouvelle que je ne connais pas. En général il leur parle en Français. Les autres écoutent en silence. Il leur dit que la vraie religion, la seule, l'authentique, est persécutée et caricaturée partout mais qu'elle n'est pas morte, au contraire, plus on la persécute plus elle renaît de ses cendres, comme le Phénix. Chaque véritable croyant peut être utile à sa manière, où qu'il soit. Les uns en allant combattre les armes à la main à l'étranger chez les frères envahis et opprimés par le diable occidental ou par ses alliés arabes, au Moyen-Orient ou en Afrique. Les autres en se sacrifiant dans un attentat-suicide dans ces pays-là ou en Occident, pour frapper les infidèles. Mais certains peuvent faire beaucoup de mal à l'adversaire sans se sacrifier eux-mêmes, en organisant un attentat intelligent avec une bombe commandée à distance, sans risque. Ça c'est futé. C'est en gros la proposition qu'il leur amène, adaptée à Toulouse, capitale de l'aéronautique et des technologies de pointe, parce qu'ici il sait qu'il a affaire à des croyants cultivés et intelligents, ingénieurs parfois, intégrés et pères de famille, qui ne veulent pas être de simples kamikazes, ça c'est bon pour les bourrins : ils veulent pouvoir jouir de leur victoire ici-bas et continuer leur combat sous d'autres formes.

Il sait parler le gars.

J'ai découvert par hasard que Kader avait loué un garage rue Larrey, juste à côté du Conservatoire. Je l'ai vu en sortir et refermer la porte à clef, un jour que j'étais venu attendre Océane, ma copine violoncelliste. Lui heureusement me tournait le dos et ne m'a pas vu. Qu'est-ce qu'il peut bien ranger dans ce garage ? Il n'a ni voiture, ni scooter, ni moto, pas même un malheureux vélo… Il prend même une lampe de poche quand il y va, parce qu'il n'a pas l'électricité et qu'il ne laisse jamais la porte ouverte. Il est très prudent mais il ne se doute pas que j'observe tout et que j'entends tout à travers le mur.

Ce coup-ci c'est grave, je suis sûr qu'il prépare un coup avec ses invités du vendredi. Il faut que je l'en empêche. Je dois avertir la police. Mais je ne sais pas trop à qui m'adresser. Je crois que ceux qui surveillent les terroristes travaillent dans les services secrets à la DST, mais j'ai pas d'adresse sur Toulouse. Je vais aller le signaler au Commissariat central, boulevard de l'Embouchure.

COMMISSARIAT

Une jeune femme en uniforme m'accueille derrière son guichet, très polie. Je lui explique que je dois voir un agent des services secrets discrètement, parce que mon voisin prépare un attentat terroriste. Elle me dit de m'asseoir après avoir pris mon nom et mes coordonnées, puis passe un coup de fil.

Au bout d'une demi-heure un homme impassible et froid, en civil, crâne rasé et petites lunettes métalliques, se pointe et me demande de le suivre. Il me fait monter dans les étages. C'est effrayant tous ces couloirs, ces portes, ces escaliers. Qu'est-ce qui doit se passer là-dedans ? Ils tabassent, torturent parfois, des pauvres types comme moi qui n'y sont pour rien, à tous les coups. Il me fait entrer au troisième étage dans une pièce minuscule où ils sont trois comme lui à m'attendre. Je suis cuit.

Je leur raconte mon histoire. Les cloisons fines, le voisin Kader, les visiteurs du vendredi, le gars qui leur explique tout, le projet qu'il a imaginé pour Toulouse, et enfin le garage rue Larrey.

Un gars qui était dans mon dos s'adresse alors à moi, on dirait le patron. Il me dit : « Rémy, on te remercie d'être venu nous voir. On vient d'avoir ton propriétaire au téléphone. Il nous dit que tu es sous curatelle parce que tu as une AAH pour maladie mentale. On a contacté ta curatrice qui confirme que tu es sous traitement pour délire paranoïaque et que tu es souvent hospitalisé parce que tu ne prends pas toujours ton traitement. On va appeler ton psychiatre qui nous conseillera sur la marche à suivre. Tu pourras lui parler. Je pense que le mieux pour toi serait que tu fasses à nouveau un petit séjour à Marchant.

En tout cas merci pour l'info, on a bien noté le nom de ton voisin, et on va surveiller discrètement ce garage de la rue Larrey. C'est peut-être très important ce que tu as repéré. Merci encore. »

Ah les cons ! Ils m'ont pas cru ! Ils ont gobé direct que c'était juste un nouveau délire, et c'est vrai que mon dossier en comporte plusieurs. Mais comment leur faire comprendre que ce coup-ci c'est pas du tout ça. J'ai bien entendu tout ce qu'ils se disaient, j'ai rien imaginé ou interprété. J'ai bien vu le garage. C'est quand même des preuves tout ça ! Mais voilà, quand tu as l'étiquette psy, le réflexe des flics c'est de ne pas te croire et de t'enfermer de nouveau.

Et ça n'a pas raté.

Une ambulance est venue me chercher. Deux malabars m'ont amené aux urgences Psy de Marchant avec une lettre du Commissariat. Le psychiatre qui m'a vu à l'arrivée a ressorti tout mon vieux dossier et m'a placé aussi sec en HDT (Hospitalisation à la demande d'un tiers). Direction le service fermé, avec tous ceux qui refusent les soins dont ils ont besoin.

« Tu vois bien ! Tu t'en sortiras jamais. Tout le monde voit que tu es fou. Personne ne croit à ce que tu racontes. Même les flics. Ta place est à l'hôpital Marchant parmi les fous. Et puis c'est tout. Fou. Fou. Fou. »

MARCHANT

Marchant. Route d'Espagne. Juste en face de l'usine AZF. L'ancien asile de Braqueville qui a remplacé l'hospice de La Grave en 1858. Les Toulousains l'ont appelé bien sûr Branqueville, parce qu'on y entendait les patients hurler comme des branques les jours où le vent d'Autan souffle. Une architecture exceptionnelle, tout en brique foraine rose et en pierre blanche, comme le Pont-Neuf, les Jacobins et Saint-Sernin. Des pavillons dispersés dans un parc, construits en rectangle autour de plusieurs patios entourés de coursives à colonnes, comme des cloîtres, une chapelle à l'entrée, au milieu de la cour d'honneur elle-même entourée de colonnades. Un hôpital construit au début du XIX° siècle, quand chaque département a été obligé par la loi de 1838 d'avoir son asile d'aliénés. Je connais tout par coeur ici : j'y suis venu si souvent ! J'ai fait presque tous les pavillons :

Falret, Camille Claudel, Van Gogh, Prigogine, Pinel, Dide, Esquirol. Je connais bien la tombe de Gérard Marchant, le premier médecin - chef aliéniste de Braqueville, disciple d'Esquirol, tué en 1881 par un de ses patients, un ancien militaire à qui on avait laissé ses armes dans sa cellule, et enterré dans le parc, sur la pelouse devant la route d'Espagne. Je connais même l'internat, au fond, près du pavillon de l'aumônier et des villas désaffectées des anciens chefs de service. Les internes de garde laissent parfois en été une fenêtre ouverte au rez-de-chaussée pour aérer, alors je me faufile et je me sers dans leur frigo : charcuterie, fromage, yaourt, compote, plus un coup de rosé. Les internes sont toujours sympas : quand ils arrivent à l'improviste ils rigolent avec moi, boivent un coup et ne me dénoncent pas. Je suis un peu leur copain. C'est vrai qu'on a le même âge.

Après, quand je retourne dans mon pavillon, fini de rigoler. Il faut être à l'heure pour les médicaments et pour les repas. Si tu veux regarder la télé il faut regarder le programme choisi ce soir-là par les infirmiers et les autres patients. A dix heures c'est fini. Tu peux pas fumer dedans, même pas dans ta chambre. La nuit le veilleur passe toutes les deux heures et t'éclaire avec sa lampe de poche pour vérifier que tu es bien là et que tu dors. Dans les couloirs tu as des caméras partout.

Heureusement le matin à la cafétéria il y a toujours un petit dealer déguisé en étudiant infirmier qui s'installe à une table avec son sac à dos, à boire un café en faisant semblant de réviser ses cours. Tu peux lui acheter tout ce que tu veux pourvu que tu aies du cash. Il te donne rendez-vous dans les WC à côté, loin des caméras, puis revient s'installer à sa table tranquille. Si j'avais pas l'herbe et le café soluble pour contrer tous les effets des neuroleptiques, je serais déjà devenu zombie comme certains vieux patients qui n'ont jamais connu le cannabis. Eux à l'époque ils n'avaient que l'alcool, mais ça détruit les neurones.

MAXOU

Dans mon nouveau pavillon il y a des chambres doubles. J'ai eu de la chance : je suis tombé avec un jeune très gentil et prévenant, Maxime, qui se fait appeler Maxou. Je trouve que ce diminutif lui va bien, ça sonne comme « doux » et c'est vrai qu'il est tout doux Maxou. Il a dix huit ans tout juste. Le premier jour il m'a aidé à ranger mes affaires dans le placard, il m'a offert ensuite un café soluble et une clope : super cadeau de bienvenue, c'est pas toujours le cas en psychiatrie. Souvent quand tu arrives dans une chambre double, tu sens que tu déranges !

Il n'est pas schizo lui, si j'ai bien compris, il est bipolaire et un peu état-limite, et surtout suicidaire : il arrête pas de faire des TS qui ratent toujours, heureusement. Les infirmières des Urgences en ont marre de le voir tous les mois après qu'il ait avalé tout son tube de cachetons, alors elles le chambrent un peu : « Tiens, Maxou, ça faisait un moment qu'on t'avait pas vu aux urgences ! On commençait à s'inquiéter ! Tu t'es encore trompé dans tes doses de médicaments ? Ou tu pensais que c'était des bonbons ? Mais tu avais pas du tout envie de mourir : c'est ça ou je me trompe ? » Ça le fait rire Maxou et ça lui remonte un peu le moral.

Il fait très chaud la nuit dans cette chambre sous les toits, parce qu'on ne peut entrouvrir la fenêtre coulissante que de six centimètres : sécurité oblige. Alors Maxou est toujours presque nu. Il est très mince, sans barbe ni poils, avec des formes un peu féminines, des petites fesses bien rondes, de longs cheveux noirs bouclés et une peau super bronzée qui semble très douce. Il s'en occupe beaucoup, et se passe souvent de l'huile.

On arrête pas de prendre des douches froides à tour de rôle pour lutter contre la canicule. Après on s'allonge à poil sur le lit et on discute en regardant le plafond.

La deuxième nuit il me demande :

« Tu as déjà fait l'amour avec une fille ?

— Oui, bien sûr, plusieurs fois, toujours avec la même, mais maintenant elle a quitté Toulouse. La première fois j'avais ton âge.

— C'était comment ?

— Très doux à l'intérieur. C'était une fille qui mouillait beaucoup, alors ça rentrait bien. Mais j'aime pas trop être à l'intérieur de quelqu'un, alors je ressors le plus vite possible.

— Et avec un garçon, tu l'as déjà fait ?

— Non. J'ai jamais eu envie d'un garçon. Je crois que ça serait encore pire qu'avec une fille. Et puis la sodomie ça doit faire très mal, alors je vois pas où est le plaisir.

— Moi je ne couche qu'avec les garçons, les filles ça m'intéresse pas. Mais j'aime pas la sodomie, je trouve que c'est sale. Par contre j'aime bien les sucer et me faire sucer aussi. Tu veux bien que j'essaie avec toi ? Si je te plais bien sûr… »

Alors là il m'a scié le Maxou. J'ai pas eu le temps de lui répondre qu'il était déjà à genoux sur moi et qu'il me prenait dans sa bouche. J'étais paralysé. Alors j'ai fermé les yeux et je l'ai laissé faire, en imaginant que c'était une fille.

C'était assez agréable ma foi. Il le faisait très bien. On voit qu'il avait l'habitude. Et puis je lui plaisais bien aussi. C'était pas juste par hasard parce qu'on m'avait placé dans sa chambre.

Quand il a eu fini de me faire jouir il m'a dit : « J'adore le goût de ton sperme ! Il est super sucré ! Quel dessert ! Merci de me l'avoir offert. »

On s'est endormis apaisés cette nuit-là, après avoir rapproché nos lits pour pouvoir nous tenir la main pendant la nuit. Et on a recommencé toutes les autres nuits.

En principe les relations intimes sont interdites entre patients dans un hôpital. Mais quand j'étais à Lavaur au centre hospitalier Pinel, il y avait un vieux psychiatre qui disait toujours aux nouveaux infirmiers :

« Vous devez toujours frapper à la porte avant d'entrer dans une chambre. Et si vous tombez sur deux patients qui font l'amour, excusez-vous et retirez-vous discrètement. La sexualité entre patients est thérapeutique, ça les apaise, et en même temps c'est la preuve qu'ils vont déjà mieux et qu'ils ne sont pas terrorisés par la présence de l'autre. C'est un bon baromètre clinique pour vous. Prêtez-y attention. Et surtout n'oubliez-pas que vous n'êtes pas des flics mais des soignants et des aidants. L'intérêt du patient doit être votre seul objectif. »

Tu te rends compte ! Si tous les psys pensaient comme ça, l'Hôpital Psychiatrique serait une abbaye de Thélème !

En tout cas, je sais pas si vous avez remarqué, mais cette fois-ci j'ai pas eu droit aux remarques et aux insultes de la voix.

C'est bizarre ça : depuis le temps qu'elle m'accusait d'être un PD ! Et là, étrange : j'accepte pour la première fois de me faire sucer par mon voisin de chambre et elle ne trouve rien à redire.

Comment vous comprenez ça ?

Elle m'en croyait pas capable.

Je crois que ça lui a coupé le sifflet.

SORTIE

Ça y est ! je sors aujourd'hui ! J'ai réussi à convaincre tout le monde, les infirmiers surtout que je vois toute la journée, c'est eux qui décident en fin de compte, c'est plus important que les psychiatres que je ne vois que cinq minutes par jour et qui leur demandent toujours leur avis en plus. J'ai menti sur toute la ligne : je leur ai dit tout ce que les flics voulaient entendre, que cette histoire de projet d'attentat terroriste c'était encore un de mes délires paranoïaques avec persécuteur désigné, mon voisin Kader. Que c'était dû au fait que je ne prenais plus mes médicaments, que, maintenant que j'allais mieux, j'avais compris et j'allais respecter tout le cadre de soins, les rendez-vous, l'Hôpital de jour, les médicaments et tout. J'ai été parfait, le patient idéal qu'on n'a plus de raison de garder enfermé.

Alors mon psy a donné le feu vert pour ma sortie. Le pauvre, il ose rien faire sans l'accord des infirmiers. Il est terrorisé par eux. C'est Marchant ça. Si tu veux faire un truc, tu as intérêt à avoir l'accord des syndicats, sinon tu es mort. C'est pas le psychiatre ni le directeur qui décide.

Je rentre à Parga ce matin. J'ai décidé de revenir à pied, comme ça je me baladerai route d'Espagne, avenue de Muret, Fer-à-Cheval, cours Dillon, Pont-Neuf... ah ! celui-là ! ça faisait trois mois que j'en rêvais !

Chemin faisant, je me souviens des histoires racontées par les autres patients et par les infirmiers. Autrefois beaucoup de patients hospitalisés à Marchant étaient des alcooliques pris en charge officiellement pour sevrage. Au bout de quelques semaines ils étaient effectivement sevrés. Le jour de leur sortie ils s'arrêtaient au premier bistrot de la route d'Espagne, puis en suivant, à tous ceux de l'avenue de Muret, et à la fin ils tombaient raides à celui du Fer-à-Cheval : coma éthylique, pompiers et retour à la case départ. Heureusement, les pompiers étaient juste à côté : allées Charles de Fitte. C'était une sortie d'essai, et l'essai avait été concluant.

C'est le trajet que je suis ce matin, sans les arrêts dans les bistrots.

De nos jours tout à changé. Ce genre de patients, la Sécu a décrété que c'était mission impossible. Inutile de les hospitaliser, c'est de l'argent jeté par les fenêtres. Alors on les met tous sous médicaments et ils rentrent chez eux avec un rendez-vous au CMP dans un mois. Ça fait des économies. Un patient, pour qu'il coûte le moins cher possible, il ne faut pas l'hospitaliser surtout, il doit être juste suivi en ambulatoire, c'est-à-dire vu en consultation une fois par mois. Si ça va vraiment pas, il revient aux urgences, et il ressort aussi sec dans la soirée. Pas assez de lits aux urgences.

On va pas s'encombrer non plus avec des alcoolos.

Je marque un arrêt sur le Cours Dillon. Le matin c'est tranquille. Les pelouses de la Prairie des Filtres m'attendent, la Garonne et le Pont-Neuf aussi. Rien n'a changé. Mon internement je peux l'effacer de ma mémoire. Ils m'ont tous attendu sans se poser de question, comme s'il ne s'était rien passé.

Je m'allonge sur l'herbe, les mains croisées sous la nuque pour pouvoir regarder le pont et ne pas en perdre une miette. Je colle mon dos à l'herbe et à la terre. Je respire un grand coup et j'évacue tous les miasmes que j'ai accumulés pendant trois mois. La vie était juste là, et elle reprend. Je savoure cet instant de plaisir solitaire, et peu à peu il m'évoque mes souvenirs de Garonne avec l'image de May qui revient en surimpression. Je la voyais tous les soirs au plafond de ma chambre à Marchant, mais là elle est beaucoup plus présente, mêlée aux odeurs et aux bruits du fleuve. Indissociable.

Je m'interroge : je rentre chez moi d'abord, ou je vais sonner chez elle directement ? Elle a dû se faire du souci pendant tout ce temps.

Allez ! Je vais d'abord sonner chez elle à la Patte-d'Oie, juste pour lui dire que je suis enfin sorti !

Tiens, elle n'a plus rien à dire l'Autre là-haut ?

No comment ?

Où est-ce qu'elle est passée ?

Elle est sortie de ma tête ?

Elle en a eu marre de me pourrir la vie ?

Elle est restée à Marchant et a changé de victime ?

MA NUIT CHEZ MAY

Je vais d'abord retirer du fric avec ma carte de La Poste, et j'en profiterai pour lui passer un coup de fil depuis le téléphone public.

Manque de bol elle ne répond pas. A tout hasard je lui laisse un message sur son répondeur : je lui dis que je suis sorti de Marchant ce matin, et que je serai allongé sous les saules de la Prairie des Filtres toute la journée, au cas où elle passerait par là…

J'ai acheté des sandwiches et une bouteille d'eau chez le boulanger de la place Esquirol, en face de Midica, et je suis allé me poser tranquille sur la rive gauche, sur l'herbe fraîche, à regarder passer la Garonne. Elle était tranquille ce matin-là, comme si elle avait lissé et apaisé ses tourbillons perfides en les caressant pour les endormir. La Prairie des Filtres est presque déserte à cette heure-là.

Juste quelques mamans avec les poussettes. Les étudiants ne sont pas encore arrivés avec leurs musiques et leurs canettes. On n'entend que le souffle tranquille du fleuve et les cris des oiseaux qui font des démonstrations de vol acrobatique en rase-surface.

Deux mamans viennent s'installer à l'ombre d'un saule pleureur, à cinq mètres de moi. Leurs enfants, un petit garçon et une petite fille viennent bien sûr tout de suite tourner autour de moi, timidement d'abord, puis me lancent des regards méfiants, et enfin la petite fille s'enhardit et me dit : « Comment tu t'appelles toi ? Moi c'est Carla.

— Bonjour Carla ! Moi c'est Rémy.

— Et moi Thibaud. J'ai cinq ans. On est des grands, mais aujourd'hui on n'a pas école.

— Tu as quel âge Rémy ?

— Vingt-quatre ans.

— Tu es un vieux alors. Pourquoi tu as un sac-à-dos ? Tu es SDF ?

— Non, je loue un studio rue Pargaminières, mais là je sors juste de l'Hôpital, alors j'ai toutes mes affaires dans ce sac.

— Tu es malade ?

— Non, rien de grave, j'étais juste fatigué, mais je vais mieux maintenant, et puis le soleil me fait du bien.

— Tu n'as pas de chien toi ? Parce que les SDF ils ont des chiens, très gentils mais un peu sales. Il faut pas les toucher. Parce qu'ils dorment par terre sur les trottoirs. Mon papa il veut pas de chien, parce que c'est trop compliqué : il faut le faire suivre partout. Un chien il peut jamais rester seul à la maison, sinon il aboie et fait des bêtises. Et puis il faut qu'il coure, alors il lui faut un grand jardin, sinon il est malheureux. Tu as déjà eu un chien toi ?

— Oui, quand j'étais petit j'avais une chienne setter au pelage doré, qui s'occupait de moi comme si j'étais son bébé. Elle me léchait les fesses quand j'avais fait caca et que ça dépassait de la couche. Elle adorait ça. Moi aussi, sa langue râpeuse me faisait des chatouilles. Des fois elle me léchait les joues juste après, alors là ma mère l'engueulait. »

Les mamans commencent à s'inquiéter qu'on se parle si longtemps et elles viennent les chercher en me lançant un regard soupçonneux. Mais non, je ne suis pas un SDF pédophile ! Les gamins c'est vraiment propriété privée maintenant. Avec la psychose de la télé tu as pas intérêt à leur faire un sourire ou à leur adresser la parole : tu te fais fusiller du regard aussi sec. La maman par contre tu peux la draguer tranquille quand elle vient seule avec ses gamins : elle est toute contente et frétillante, même si elle ne donne jamais suite. Mais ça lui a fait plaisir qu'un jeune la trouve à son goût. Ça la change de son mec qui la traite tantôt comme la bonniche et tantôt comme un meuble.

Bon, elles s'en vont un peu plus loin pour éloigner leurs gamins du pervers prédateur.

Je vais faire une petite sieste en mettant mes mains sous la nuque et en fermant les yeux. Je vois mes vaisseaux sanguins tout rouges qui se projettent sur mes paupières jaunes comme sur un écran, et le soleil derrière qui essaie de traverser pour me brûler la rétine. C'est chaud. C'est bon. On dirait un tableau abstrait en mouvement. Quelque chose de vivant.

Je crois que je me suis un peu endormi.

Brusquement une ombre se pose sur mes yeux et éteint l'écran de mes paupières. C'est elle. Elle s'est agenouillée à côté de ma tête et pose ses lèvres sur mes yeux puis sur mes lèvres. Je reconnais son parfum.

Elle est venue !

Toute rouge et essoufflée, dans son petit short noir et son débardeur rouge, avec cette odeur unique de sueur mêlée à son parfum. Ses cheveux au vent caressent mon visage.

Elle me regarde avec un léger sourire, sans un mot, comme pour s'assurer que c'est bien moi. C'est comme si on s'était vus hier. Elle s'allonge à mon côté et fait passer sa jambe nue par-dessus mon jean en caressant ma cuisse, pendant que sa main explore mon torse et remonte vers ma joue et mes cheveux.

Je crois que c'est clair. Je respire un grand coup. Tous mes doutes s'envolent.

J'ai tourné la tête vers la sienne, j'ai entrouvert les lèvres et fermé les yeux. Elle a fait le reste.

Je sentais qu'elle serait pour moi une bonne pédagogue.

Elle ne m'a pas posé de questions sur mon séjour à l'hôpital. Je ne lui ai pas demandé comment s'était passée la fin de l'année avec ses élèves et ses collègues. J'ai sorti les sandwiches et la bouteille d'eau de mon sac, et on a dévoré ça comme si on n'avait pas mangé depuis huit jours : pan bagnat ! frotté d'ail et de tomate, abreuvé d'huile d'olive, avec du jambon serrano, de bellota y pata negra. Comme le pan toumaque des catalans. Trop.

Après elle m'a dit : « Je ferais bien maintenant une petite sieste chez moi comme la dernière fois. Ça te dit ? »

Et nous voilà sur pieds, remontant vers l'Hôtel Dieu, la rue de la République, Saint-Cyprien, l'avenue Etienne Billières et la Patte-d'Oie. Cette fois-ci elle ne marchait pas vite, comme si elle avait envie de prendre son temps et de déguster l'instant présent. Elle avait l'air vraiment en vacance totale, d'avoir fait le vide autour d'elle et de n'accepter que les ondes positives qu'elle captait au passage. Elle avait l'air réconciliée avec ce qui l'entourait de près, après avoir éloigné d'elle tout ce qui lui pourrissait la vie : les élèves impolis, grandes gueules et excités, les parents énervés et agressifs, le principal remonté et autoritaire parce qu'affolé et harcelé par sa hiérarchie, les collègues terrorisés et se trompant d'ennemi, les inspecteurs culs serrés, tatillons, donneurs de leçons, débarqués d'une autre planète et faisant semblant de ne pas voir.

Tout ça était déjà loin. Le soleil, la Garonne et l'herbe de la Prairie des Filtres en avaient eu raison en une matinée.

Nous avons pris tout notre temps pour arriver à la Patte-d'Oie. Dans l'ascenseur archaïque et exigu elle s'est collée à moi et a caressé mes cheveux. Je n'ai pas eu cette contraction et ce mouvement instinctif de retrait que j'aurais eus autrefois. Je l'ai laissée approcher, entrer dans ma bulle. Elle devait me sentir prêt elle aussi à prendre ce que j'aurais appelé autrefois le risque majeur, et que je percevais maintenant comme l'aboutissement d'un long processus d'ouverture de soi à l'autre, sans crainte et sans l'angoisse d'être envahi, parasité, phagocyté, dépossédé, dévoré.

Sans culpabilité non plus. La preuve : la voix n'était plus là pour me rappeler mes défauts, mes fautes, ni pour me rappeler à l'ordre, à mon destin de l'échec systématique, à ma prison de la maladie mentale.

Est-ce que May m'avait guéri de mon incapacité ? Ou est-ce que c'est parce que j'étais en train de guérir que je pouvais enfin entrer en relation avec elle sans avoir peur de me perdre ?

May me fit entrer dans son appartement et tourna le verrou derrière nous. Elle me prit la main et me fit marcher d'abord vers la salle de bain. Elle me déshabilla avec des gestes lents et caressants, ôta ses chaussures, laissa tomber son short, souleva son débardeur par dessus sa tête, et m'entraîna sous la douche. Elle régla la température de l'eau et prit les commandes du pommeau. Après l'avoir longuement promené sur ma tête et mes épaules, elle me le tendit, emplit sa main de gel douche et commença à caresser mes cheveux, mon cou, mes épaules, mon torse, mon ventre, mes fesses, mon sexe et continua son massage jusqu'à mes pieds. Puis elle reprit le pommeau et me rinça longuement tout en collant de temps en temps ses lèvres contre les miennes en cherchant à envelopper ma langue. Elle me tendit à nouveau le pommeau, s'agenouilla devant moi et prit mon sexe dans sa bouche avec un mélange de délicatesse, de tendresse et de gourmandise. Je lui caressai longuement les cheveux en accompagnant les mouvements de sa tête. Quand elle sentit que j'allais éjaculer elle amplifia le mouvement jusqu'à l'explosion finale. Elle poursuivit sa caresse pour me calmer puis me lécha longuement avec de petits grognements de satisfaction et déglutit en poussant un petit cri de jouissance.

C'était parfait. Elle avait réussi à briser ma carapace et m'avait permis de m'abandonner totalement sans aucune crainte.

Nous sommes tombés sur le lit et nous nous sommes endormis enlacés, May et moi, comme si nous nous connaissions depuis toujours.

Nous nous sommes réveillés plusieurs fois ensuite, en fin d'après-midi et pendant la nuit, et à chaque fois elle m'a montré une nouvelle façon de jouir, pour elle et pour moi.

Ce fut ma nuit chez May.

HOPITAL de JOUR

C'était entendu avec mon psychiatre : en sortant de l'hôpital je ne devais plus errer dans les rues ou rester allongé sur mon lit toute la journée ; je devais participer aux « activités de réhabilitation sociale » de l'hôpital de jour.

Déjà ça m'oblige à me lever tôt le matin, je suppose que c'est l'objectif premier. J'y vais à pied. C'est à Marengo, au-dessus de la gare. Je mets trois plombes à y aller. A l'arrivée on est accueilli par les infirmiers dans une salle où il faut s'asseoir autour d'une table et boire le café. C'est la réunion-café. C'est-à-dire que chacun à son tour on va devoir parler aux autres, raconter ce qu'on a fait la veille, dire si on a bien mangé le soir et bien dormi, et ce qu'on a envie de faire aujourd'hui. L'horreur !

Ensuite l'infirmière en chef, Claudine, nous propose les activités pour la journée. C'est variable selon la saison : piscine, basket, pétanque, gym, danse rythmique, mime, théâtre, percussions, chant, peinture, dessin, modelage, écriture, visite de musées, Saint-Raymond ou Augustins, cinéma, promenade dans Toulouse avec visite guidée des monuments (Saint-Sernin, Saint-Etienne, Hôtel d'Assézat, Capitole, Daurade, Dalbade), marché du Cristal, cuisine, pâtisserie... C'est des trucs intéressants, mais ce qui me met mal à l'aise c'est la présence des autres, leurs bruits, leurs bavardages, leurs plaisanteries de mauvais goût. Et toujours mon référent, Jean-Louis, qui me répète que pour moi c'est ça le plus important : participer à une activité avec les autres, au lieu de rester seul dans mon coin. C'est bon, j'ai compris depuis un moment : ils se sont tous fixés sur mon symptôme central, c'est vrai que j'ai du mal avec les autres, je préfère m'isoler et me taire, et surtout je déteste les toucher ou qu'ils me touchent, ou me montrer en slip de bain devant eux. La piscine c'est l'horreur : on est sans arrêt presque à poil, les gens te sautent dessus, on se touche sous l'eau, filles et garçons, et puis après il y a la douche obligatoire, complètement à poil, entre garçons, avec toujours les remarques sur la longueur des zizis. L'horreur ! On se croirait à l'armée ou dans un vestiaire après un match de foot ou de rugby !

Les autres activités c'est moins angoissant pour moi. J'aime bien dessiner, peindre, écrire des poèmes ou faire la cuisine. Mais les infirmiers ont une idée fixe : après avoir fini une activité, il faut à tout prix en parler, dire comment ça s'est passé pour nous, ce qu'on a ressenti, et les autres en plus font des remarques sur ce que tu as dit. Ensuite ils écrivent tout ça dans leur cahier d'ateliers. Horrible ! Parler, toujours parler, écrire, toujours écrire !

Sans compter que pendant tout ce temps j'ai la voix qui me prend la tête et qui se moque de moi.

« C'est vrai que tu es toujours le plus nul du groupe, mon pauvre. Tu n'as aucun charisme, aucune présence, quand tu essaies de parler personne ne t'entend ni ne t'écoute. C'est même pas la peine que tu viennes : ça ne sert à rien !

Et puis c'est quoi ces ateliers débiles ? On dirait des trucs pour les gosses de maternelle ! A ton âge ! Tu n'as pas honte ?

Et puis à la douche tu as vu comme tu étais terrorisé de te mettre à poil devant les autres mecs ? Tu comprends bien que c'est pas normal ça. T'es pas un mec normal. Ils s'en sont aperçus tout de suite. »

SAC à DOS

Kader s'est décidé à me parler sérieusement. Je sentais qu'il m'observait beaucoup, qu'il tâtait le terrain, et qu'il allait finalement me demander quelque chose. Tous ces travaux d'approche ça ne pouvait pas être désintéressé. Il m'a entendu monter en fin d'après-midi, a entrouvert sa porte et m'a fait signe d'entrer sans un mot, avec juste un sourire. Il m'a fait asseoir sur son canapé, m'a servi un thé à la menthe et a commencé :

« Je suis content pour toi que tu sois sorti de l'hôpital, cousin, j'ai un grand service à te demander. J'ai des documents ultra-secrets à transmettre à un pote qui vient du pays les chercher. Tu sais que c'est pour la bonne cause, anti-occidentale, mais je viens de m'apercevoir que je suis filé. Toi par contre la DST ne te connaît pas, tu pourras les transmettre tranquille à ma place sans qu'ils se doutent de rien. Je te donnerai simplement un sac à dos orange comme le tien avec un paquet plein de papiers enveloppé dans du plastique bien hermétique pour éviter que les documents prennent l'humidité. Le rendez-vous avec mon pote est fixé à demain soir dix huit heures au Stadium, au début du match Danemark / Afrique du Sud. Je t'ai acheté une place, mon pote a la place juste à côté de la tienne. Il suffit que tu poses ton sac à dos devant tes pieds et que tu repartes sans lui à la fin du match. C'est mon pote qui repartira avec, et puis c'est tout. Toi tu risques rien, cousin, le contre-espionnage ne te connaît pas, alors que moi je me ferais repérer par la première caméra de surveillance. Aucun risque pour toi. Et puis il y a un petit paquet de fric à la clef : je t'en donnerai bien sûr la moitié après le match. »

J'ai tout de suite eu un doute. Un match de foot de la Coupe du Monde avec l'équipe du Danemark contre celle de l'Afrique du Sud.

Le nord contre le sud. Les blonds racistes contre les super-blonds super-racistes et les blacks achetés. Surtout que le Danemark avait battu l'Arabie Saoudite 1 à 0 la semaine d'avant, le 12 juin au stadium de Toulouse ! L'Islam humilié par les blonds ! Et si ces gars-là préparaient un méga-attentat au Stadium pour bien punir tout le monde, les ennemis de la Palestine et de l'Islam, le Danemark et surtout la France ?

Le lendemain je suis passé chercher le sac orange et le billet pour le match. J'ai ouvert le sac chez moi : il y avait bien un gros paquet enveloppé de plastique noir, mais ça ressemblait pas à un paquet de photocopies. Et puis il y avait collé dessous, bien caché, un téléphone portable minuscule relié par un fil de cuivre au paquet !

J'en étais sûr ! Quand je passerai sur le pont d'Empalot tout à l'heure j'arracherai le fil et je balancerai le téléphone dans la Garonne. C'est plus sûr : le téléphone contient peut-être une petite charge explosive qui déclencherait le gros paquet. Ensuite à l'entrée du Stadium, quand la Sécurité va fouiller mon sac, je leur dirai tout d'entrée, avec le nom et l'adresse de mon voisin. Comme ça les flics seront bien obligés de me croire, je risque rien et le match pourra démarrer tranquille.

Ah le fumier ! Si j'avais pas pu entrer je suis sûr qu'il allait faire exploser le sac dans l'entrée du Stadium : il suffisait qu'il fasse sonner le portable un peu avant dix huit heures. S'il faut il surveille tout ça de loin avec des jumelles.

Alors j'ai tout fait comme j'avais prévu.

Le fil arraché, le téléphone à l'eau.

L'agent de sécurité qui me demande ce qu'il y a dans mon sac, puis deux autres qui m'amènent discrètement dans une pièce derrière.

Ils me demandent à leur tour ce qu'il y a dans le paquet noir avant de le passer au scanner.

« Je crois que ce sont des explosifs, j'ai pas vérifié, mais maintenant c'est sans danger, j'ai arraché le détonateur, c'était un portable que j'ai jeté à l'eau.

C'est mon voisin de palier qui m'a donné tout ça et qui m'a payé un billet d'entrée. Je crois que mon voisin est déjà surveillé par la DST en tant que terroriste potentiel, c'est ce que j'ai cru comprendre. Eh bien, je confirme ! Il veut punir la France et tous les infidèles.

Je viens de sauver des centaines de vies, mais je ne veux pas passer à la télé sinon les autres vont me tuer, à moins que vous les arrêtiez tous, mais ça j'en doute… Alors je vous signe ma déposition, mais à condition qu'on ne cite pas mon nom et qu'on ne me voie pas à la télé. Ces gars-là n'ont pas du tout le sens de l'humour et se vexent très facilement. Et puis de toute façon ils nous haïssent tous. Mais ça les empêche pas de squatter chez nous. Au contraire. Profiter au maximum du pays qu'ils haïssent, ça fait partie de la guerre. »

Le Danemark et l'Afrique du Sud ont fait match nul ce soir : 1 à 1. Ce que personne n'a dit à la télé c'est que le match nul a failli ne pas avoir lieu du tout. Ils attendent d'avoir démantelé tout le réseau avant d'en parler. Moi de toute façon je ne veux pas qu'on me voie à la télé. Sinon je suis cuit. C'est à moi qu'ils s'en prendront en premier. C'est tellement facile : un type qu'on prenait juste pour un pauvre fou, qu'on voulait transformer en bombe humaine, qui s'en est aperçu, qui a désamorcé la bombe et qui les a balancés aux flics, ça c'est super vexant !

Ce soir je suis à l'abri, en garde à vue au commissariat, mais dès qu'ils me relâcheront, dans deux ou trois jours, je ne rentre surtout pas dans mon studio : j'irai sonner chez ma copine May à la Patte-d'Oie et je lui dirai que je dois me mettre au vert pour quelques jours, le temps de trouver un appartement dans un tout autre quartier. J'espère qu'elle sera là. Elle a horreur du foot de toute façon, elle ne suit pas la Coupe du Monde et n'ira sûrement pas faire la fête le soir avec les supporters des Bleus place du Capitole ou place Saint-Pierre. On est en juin : elle n'est pas encore partie en vacances. Il y a le Brevet des Collèges je suppose…

Les flics qui m'ont interrogé, après m'avoir un peu bousculé au début, ont vite compris que j'étais bien un authentique malade psy que des terroristes ont essayé d'abuser, mais assez malin pour éventer leur piège, alors ils se sont calmés et ont même été assez sympas avec moi, ravis que j'aie blousé les autres. Je leur avais donné d'entrée le nom et l'adresse du gars qui avait été le dernier maillon en aval. Il leur restait à remonter en amont vers les plus gros poissons que je ne connaissais pas.

Ils ont vu que j'avais déjà fait une déclaration au Commissariat quelques mois en arrière, avec toujours le même suspect, mon voisin Kader.

Ils ont tout recoupé et au bout de deux jours ils m'ont relâché et presque félicité. Ils m'ont dit que mon voisin avait été arrêté et que je pouvais revenir chez moi sans crainte.

Je me suis senti soulagé, et comme réhabilité. Après m'avoir pris pour un pauvre délirant, ils étaient bien obligés de reconnaître que j'avais dit vrai, et que j'étais bien dans la réalité.

Ceci dit je ne veux pas devenir le héros qui a sauvé les vies des spectateurs de la Coupe du Monde au Stadium de Toulouse le 18 juin 1998.

Ce que je veux c'est juste rejoindre May et m'allonger à nouveau à côté d'elle pour la contempler pendant qu'elle dort, un après-midi ou une nuit.

Et peut-être plus, comme la dernière fois. Je me sens prêt. Avec elle je n'ai plus peur de rien. Elle me montrera à nouveau la marche à suivre.

MAMIE MARTHE

J'ai décidé ce matin d'aller revoir ma grand-mère Marthe avant qu'elle meure.

J'ai habité chez elle il y a six ans, à l'époque où mes parents m'avaient viré de chez eux parce qu'ils ne supportaient plus « mon inactivité et ma nonchalance ». Je ne sortais plus de ma chambre pour aller au Lycée, je restais toute la journée allongé à regarder le plafond, mes écouteurs dans les oreilles avec ma musique en boucle. Le jour où mon père, devant ma mère en larmes, a mis mes valises sur le palier et a repris mes clefs, j'ai foncé chez ma grand-mère sans douter un seul instant qu'elle allait m'héberger.

Elle m'a accueilli bien sûr dans son petit T2 du Fer-à-Cheval. Elle était en larmes elle aussi.

Mais à force elle s'est lassée. Après plusieurs de mes hospitalisations pour « bouffées délirantes et décompensations psychotiques », elle m'a dit un jour qu'elle commençait à se sentir trop vieille maintenant pour supporter tout ça et que c'était trop de soucis et trop d'angoisse. Elle avait toujours peur que je saute par le balcon ou que j'avale tous mes médicaments la nuit, alors elle n'arrivait plus à dormir : elle écoutait ce que je faisais à côté, terrorisée.

Marthe. Ma mamie. Elle s'occupait de moi tous les mercredis quand j'étais petit. Elle m'amenait faire le marché sur les boulevards, au Cristal et à Victor Hugo, et me préparait toujours les plats que je préférais : le sauté de veau aux carottes, petits oignons et champignons de Paris, le riz à l'espagnole avec des moules, de la seiche, du lapin et des petits pois, la daube aux carottes et oignons avec des coudes, la blanquette de veau à l'ancienne, le navarin aux petits navets, la zarzuela avec des tranches de pommes de terre bien épaisses. Plus elle vieillissait et plus on mettait de temps à faire tout le marché et à choisir. Et puis devant le gaz au dernier moment elle hésitait souvent sur la recette et laissait parfois cramer le riz dans la paella. Alors, à la fin du repas, après la salade de fruits au rhum, je l'obligeais à s'allonger sur le canapé devant la télé, à regarder « Les Feux de l'Amour », et je lui servais un petit verre de Porto pour la digestion, pendant que je faisais la vaisselle dans l'évier. Quand j'avais fini elle dormait. Alors je baissais le son et je faisais la sieste moi aussi.

Un jour que j'étais à nouveau hospitalisé à Marchant pour une bouffée délirante, j'ai reçu une lettre de Marthe où elle me disait qu'elle était vraiment très triste d'avoir à me dire ça, mais qu'elle était devenue trop vieille pour pouvoir continuer à m'héberger après ma sortie de l'hôpital. Alors je devrais voir avec mes parents ou avec mes oncles, ou alors avec l'assistante sociale pour trouver une place d'hébergement en foyer. Elle terminait en m'invitant quand même à venir boire le café chez elle quand je serais sorti, mais c'était tout ce qu'elle pouvait faire pour moi. Qu'elle me reverrait avec plaisir et me demandait pardon. Et qu'elle m'aimait beaucoup. Et que j'étais très gentil et très intelligent. Mais que cette saleté de maladie, elle n'en pouvait plus. Elle était trop vieille et trop fatiguée pour s'occuper de moi.

Je la comprends. Si quelqu'un aurait dû s'occuper de moi quand la maladie s'est déclenchée, c'est mes parents, au lieu de me jeter à la rue, et pas elle. Les services sociaux font ce qu'ils peuvent avec le peu de moyens qu'ils ont, et souvent ils ne peuvent proposer que des places en foyer d'urgence, avec les clodos. Et ils savent très bien que c'est pas adapté pour nous. Et ils s'excusent. Tout le monde s'excuse. La société n'a pas de solution pour nous, et elle s'excuse.

Et nous, pendant ce temps, on erre en ville. J'erre. Tu erres. Il erre. Nous errons. Cherchez l'erreur.

Mamie Marthe, j'ai bien compris qu'elle venait de prendre un coup de vieux, et qu'elle se préparait à partir, et qu'elle avait compris que j'avais compris.

Alors, la semaine suivante, après le café, je me suis assis sur le canapé à côté d'elle, à la fin des « Feux de l'Amour », je l'ai serrée dans mes bras, on a fait un gros câlin, comme si c'était le dernier, et elle m'a dit dans le creux de l'oreille : « Tu reviens prendre le café la semaine prochaine, promis ? »

Quand je suis revenu la semaine suivante, sa porte était close. Les voisins, gênés, m'ont dit qu'elle n'était plus là.

Elle était morte trois jours avant, tranquille, pendant la nuit : elle ne s'est pas réveillée. Elle le savait. Elle avait décidé que le moment était venu. Et j'avais compris.

OCEANE : LE RETOUR

Je l'ai rencontrée par hasard rue Larrey hier soir à dix huit heures. Elle était revenue de Cisjordanie depuis longtemps et avait repris ses exercices au Conservatoire avec ce vieux prof de violoncelle vicieux qui la drague honteusement à chaque cours, sous prétexte de lui placer les bras et les mains dans la bonne position. Elle avait fini sa journée et s'apprêtait à rentrer chez elle toute seule, un peu triste je crois, allée de Brienne. Elle a eu l'air super contente de me revoir. Pourtant je ne lui avais pas donné signe de vie depuis la fête de la musique. Mais elle ne m'a pas demandé ce qui s'était passé. Elle m'a fait arrêter au petit Casino et on a acheté de quoi grignoter : jambon, fromage, tomates, salade, mozza, pain, eau minérale. Comme un petit couple d'étudiants. C'était rigolo.

Pendant qu'on marchait je la regardais en douce : elle avait bronzé là-bas, au soleil du désert. Son visage, ses épaules et ses bras étaient tout dorés. Et surtout elle avait l'air plus détendue, plus souple, moins inquiète, les muscles moins contractés, la démarche plus nonchalante et ondulante, comme si ses hanches avaient enfin accepté ce balancement féminin qu'elle voulait à tout prix contrôler ou gommer jusqu'ici. Elle semblait moins pressée, et en connexion avec l'atmosphère environnante, comme si elle prenait enfin le temps d'exister, ici et maintenant, et de se laisser traverser par toutes les ondes positives ambiantes. Elle avait l'air d'attendre quelque chose, et les regards qu'elle me lançait en coin semblaient vouloir dire que cette chose elle l'attendait de moi aussi.

Bizarrement je n'avais pas peur, je me sentais prêt, à quoi je ne savais pas, mais j'étais confiant, tranquille, comme si mon passage par l'Hôpital puis par le Commissariat après le Stadium m'avait libéré d'un poids écrasant. Comme si May m'avait révélé ce que j'étais capable de faire et d'accepter sans crainte. Je ressentais une légèreté allègre, juvénile, comme si plus rien n'avait de gravité et ne pouvait m'affecter, comme si tout était désormais facile et pouvait être abordé avec confiance.

Et j'avais l'impression étrange qu'elle était elle aussi dans la même dynamique joyeuse de changement, et que la Cisjordanie l'avait libérée de ses vieux blocages. Que nos deux évolutions parallèles nous avaient fait converger vers ce soir. Vers ce qui allait pouvoir se passer ce soir.

Mais je fantasme peut-être. J'ai tellement imaginé de choses autrefois, qui se cassaient la gueule ensuite sur la réalité, pendant des années ! Pourtant là, je suis presque sûr qu'elle est super contente de m'avoir retrouvé, et qu'elle a envie qu'il se passe de bonnes choses entre nous. Son regard ne trompe pas, ne peut pas tromper. Il me regarde moi, spécialement, et il attend que je réponde. Dès qu'elle m'a vu, je suis sûr qu'elle a ouvert sur Internet un chapitre de l'espace-temps, vierge, avec un IP spécial qu'elle nous a réservé. Je l'ai senti. Et maintenant il faut pas que je me loupe. Il faut que je devine le mot de passe. C'est à moi de remplir ce chapitre, avec elle certes, mais ce coup-ci, je crois qu'elle attend beaucoup plus de moi que la dernière fois, le soir de la tisane. Il faut que j'écrive paroles, musique et gestes. Mais là je me sens prêt.

Ce soir on ne sera que tous les deux. Océane et moi. Personne pour nous observer pendant, nous juger à la fin, nous noter après. Et si ça rate, personne ne viendra demain se moquer de nous ou nous insulter.

Surtout pas l'autre.
Celle qui m'a pris la tête et pourri la vie pendant toutes ces années. Je crois qu'elle a

fini par laisser tomber l'affaire, la vieille garce. Elle a compris qu'elle ne m'aurait pas. Que maintenant j'étais devenu le plus fort. Elle aura essayé.

Je l'ai eue.

Il n'y a plus d'étranger en moi.

Enfin seul.

Je vais pouvoir enfin m'intéresser à autre chose qu'à ce qui se passe dans ma tête.

TABLE

www.ingramcontent.com/pod-product-compliance
Lightning Source LLC
Chambersburg PA
CBHW071351170626
46811CB00003B/1085